KB097242

나다운 하루를 만들어가는
소중한 당신을 응원합니다

나라서 될 수 있는　하루

나라서 될 수 있는 하루

김유영 에세이

Booksgo

나 자신을 잃지 않고 살아가는
우리가 되기를

나는 음악을 듣거나 명상에 잠길 때, 책을 읽고 글을 쓸 때, 산책이나 등산을 할 때, 사람을 대하고 여행을 할 때면 생각의 문을 닫고 온전히 마음에 나를 맡긴다. 깨어 있는 마음으로 나아가기 위해, 살아 있음의 생생함과 역동적인 느낌을 느끼기 위해서다.

우리 모두는 자신의 의지로 이 세상에 태어난 것이 아니다. 그럼에도 태어나는 모든 것은 그만한 이유와 가치를 지니고 있다. 인간이든 동식물이든 생명이 있는 모든 것에는 가늠할 수 없는 이유와 가치가 숨어 있다.

비록 전문적인 지식은 부족하지만, 나는 경험이라는 풍부한 레시피를 가지고 있다. 열다섯 살 때부터 생활 전선에 뛰어들어 지금은 누구도 쉽게 얻을 수 없는 나만의 고유한 경험들을 쌓아 나만의 멋진 레시피로 삶을 만들어가고 있다.

살아가는 동안 다양한 레시피를 익혀가면서 그 속에서 사람과의 관계, 마음과 감정, 실패와 성공, 배신과 도움, 나눔과 베풂, 배움과 성장 등 파란만장한 변화를 겪었다. 되돌아보면 그동안 정말 많은 일들이 있어왔구나 생각하니 새삼 놀랍다.

비록 지금의 나는 억 소리 나는 돈을 벌거나 남들이 부러워할 정도로 넘치게 살고 있지는 않다. 하지만 내가 진짜 하고 싶은 일, 좋아하는 일을 찾아 사는 지금이 내게는 누구와도 바꾸지 않을 남 부럽지 않은 삶이라는 확신에 하루하루가 재미있다.

자신의 분야와 자신의 위치를 알고 자신만의 것을 찾

아 활용할 줄 아는 사람은 언젠가 인생의 단맛을 보게 되어 있다. 비록 남들보다 늦게 출발했을지라도 목표를 위해 성장하고 노력하다 보면 격차를 줄이고, 경쟁에서 뒤처지지 않는 사람이 될 수 있다. 나의 글이 도전 앞에서 머뭇거리는 이들에게, 결과에 조급해지는 이들에게 조금이나마 다정한 응원이자 위로로 다가갔으면 좋겠다.

또한 이번 책에서는 그동안 읽고, 쓰고, 보고, 듣고, 느끼고, 음미하고, 통찰했던 지점들과, 인생의 과정에 대한 내용을 집중해 담고 싶었다. 더불어 사랑이라는 감정에 담긴 지극히 인간적인 성장과 성찰에 대해 깊이 고민하게 되었다.

자신의 모습을 돌아봤을 때 나의 잘못을 돌아보기보다는 부족한 환경과 조건만을 탓하고 있다면, 지금 내게 주어진 환경과 조건에 불평하지 않고 강인한 의지와 성실함, 꾸준함, 그리고 겸손한 마음가짐으로 최선을 다해보았으면 좋겠다. 환경과 조건만을 탓하는 사람에게 발전은 없다. 성공하는 사람들은 열악한 환경과 조건을 도약의 발판으로 삼았다는 사실을 기억하자.

인간이 위대한 이유는 자신의 한계는 물론 환경과 조건을 뛰어넘어 꿈을 이루는 능력을 가졌기 때문이다. 찻잔이 주전자로부터 물을 얻기 위해서는 찻잔의 위치가 주전보다 낮아야 한다. 이처럼 무엇인가를 얻기 위해서는 겸손하게 자신의 머리를 숙일 수 있어야겠다.

살아 보니 겸손함에서 배우고 얻는 것이 정말 많다는 것을 느낀다. 어제와 다른 내 모습을 통해 어떤 이의 마음에 반짝이는 작은 별 하나의 자취를 남길 수 있었으면 하는 마음이다.

매일 나를 들여다보고, 나를 알고, 나다움을 잃지 않고, 살아 있음을 느끼며 살아가는 우리가 되었으면 좋겠다.

건강과 행복 그리고
즐거움과 미소를 전하는 마법사
김유영

contents

2장 오늘의 내가 희미해지지 않도록

3장 혼자가 아닌 내가 외롭지 않도록

4장 나만의 속도를 잊지 않도록

1장

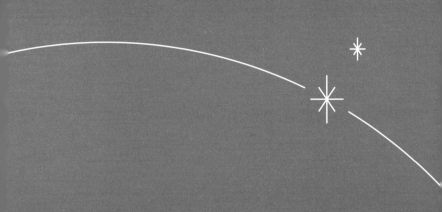

지나온 어제를

후회하지
않도록

후회 없이
솔직하게

그리워해서는 안 될 것들만 그리워하고
후회해서는 안 될 일들만 후회하며
잊고 살아야 할 기억들은 생생하기만 하다

웃어야 할 날에는 눈물 나는 일이 생기고
아무렇지 않은 척해야 할 때는 감정이 너무 솔직해지고
평생 곁에 두고 싶은 사람에게 마음 다해 정성을 주지
못하고

가까워지고 싶은 사람과는 아쉽게 멀어져 버린다

하늘을 가리고 싶은 날에는 하늘이 유난히 맑고
무작정 혼자 걷고 싶은 날에는 소나기가 멈추질 않는다
미안하다고 말해야 하는데 오히려 화를 내고
보고 싶다고 말해야 하는데 몹쓸 자존심에 말문을 닫
는다

타이밍이 맞지 않는 것은 내 잘못이 아니고
뒤죽박죽인 내 삶도 언젠가 자리를 잡겠지만
다시 잡을 수 없는 지나간 것들에 대한
후회와 그리움은 내 마음을 쓸쓸하게 한다

행복할 수 있을 때 맘껏 행복하고
슬픈 날에 맘껏 우는 것조차
참 어려운 일이 되어버렸네

익숙함과
새로움

인생을 두고 낯섦과 새로움을 찾아 떠나는 긴 여행과 같다고 하지만 대체로 우리의 일상은 큰 틀에서 보면 어제의 모습과 비슷하다.

아침에 눈을 뜨고 만나는 일상은 항상 그 자리에서 우리를 맞이한다.

해와 달과 별은 어제의 모습 그대로고, 출근하는 사람들, 학교 가는 아이들은 여전히 어제와 같은 길을 따라 각자의 목적지로 향한다.

아침 뉴스는 부지런하게 어제의 소식들을 전해준다. 뉴스에서는 어제와 다른 수많은 사건들이 쏟아지지만, 어디선가 사건이 일어났다는 사실은 어제와 다르지 않다.

똑같은 시간, 똑같은 자리, 똑같은 일들이 우리를 건조한 들판으로 내몰아 간다.

지루함 속에는 익숙함이란 의미가 포함되어 있을 것이다. 익숙함은 참 편하다. 자연스럽고 깊게 고민할 수고를 덜게 한다.

그러나 함정도 있다. 익숙함은 심리학적으로 친숙함의 오류이기도 하다. 사물뿐만 아니라 사람의 환경과 가치관도 마찬가지다. 현상에 대한 감각이 둔감해져 옳고 그름에 대한 판단이 흐려질 수 있다. 익숙함은 곧 나태함을 뜻하기도 하고, 적극적인 판단과 발전된 생각을 더디게 하는 이유가 되기도 한다.

새로움은 이전까지 경험하지 못한 무엇이라고 말할 수 있지만, 사실 세상 그 어느 것도 쉽게 새로워지지 않는다. 이미 과거에 있었던 것들이 앞으로 또 있을 것이고, 사람들이 과거에 했던 일들을 앞으로 또 하게 될 것이다.

그렇게 새로울 것이 없지만 이상하게도 우리는 새로운 것에 열광한다.

경제, 사회, 문화, 과학, IT 등 모든 영역에서 새로움을 찾으며 혁신과 창조에 대해 거듭 강조한다. 새로움은 곧 내가 나와 관계 맺는 새로운 태도, 내가 세상과 관계 맺는 새로운 방식이 된다. 새로움을 입은 자신만이 새로운 세상을 경험하는 법이다.

일상은 변하지 않아도 자신은 변할 수 있다.

익숙함은
곧 나태함을 뜻하기도 하고,
적극적인 판단과 발전된 생각을
더디게 하는 이유가 되기도 한다

사랑하기에도
짧은 인생

사랑은 맹목적으로
몸과 마음을 바치는 것이자
희생과 봉사와 섬김이다

어제는 역사이고
내일은 미스터리이며
오늘은 내게 주어진 선물이니
오늘 하루를 아름답고 뜻 있고

가치 있게 사랑하며 살아야 한다

사랑은 받는 것이 아닌 주는 것이니
원 없이 사랑하며 살아야 한다
사랑하였음으로 사랑하였노라고
미련도 후회도 없이 말할 수 있게

들여다보면

삶에 대한 명확한 꿈이나 목표와 비전이 있어야 한다고 생각했다. 사회적으로도 성공해야 한다는 강박도 있었다. 그러나 사회생활을 하며 소위 대단히 성공한 사람들의 이율배반적이고 가식적인 행태와 행복하지 못한 모습을 목격하면서부터 자연스레 내 삶의 가치관이 바뀌었다.

세상에 대한 욕심을 자연스럽게 내려놓게 되었고, 욕심과 욕망에서 벗어나자 점차 마음이 편안해지고 자유로워졌다. 시간이 흐르면서 주변 사람들이 보이기 시작했고, 나를 둘러싼 자연의 세세한 것들도 눈에 들어오기 시작했다.

까르륵 웃는 아이의 웃음소리가 주는 지극한 행복과 최선을 다해 일상을 살아가는 평범한 우리 삶이 얼마나 고귀하고 값어치 있는지, 계절의 순리가 보여주는 자연의 변화와 풍성함이 얼마나 멋지고 아름다운지, 어머니가 차려준 따뜻한 밥 한 끼가 얼마나 정성이 가득한지, 인생을 어떻게 살아가야 하는지 등등이 차츰차츰 보이기 시작했다.

욕심과 욕망이 차오를 때면 마음을 내려놓고 자연을 보고, 잔잔한 일상이 주는 아름다운 신비를 맛보면 인생이 보입니다.

이겨냄 속에

삶의 덧없음을 깨닫고
스스로 자기 비움을 실천했지만
깨달음은 자체가 중요한 것이 아니라
깨달음의 실천이 중요하다는 것을
이제야 깨닫습니다
삶의 길에 소탈하고 담박하게
저 자신의 마음을 녹여내고 있습니다

비로소 삶과 세상이 보이기 시작했습니다

기쁨도 즐거움도 행복도 한순간이지

평생 즐겁지 않음을 알았습니다

불우하고 지친 삶에서 곤궁함을 이겨내는 과정에

기쁨과 즐거움과 행복이 있다는 사실을

이제야 알아갑니다

세상 참 재미있습니다

집착하지 말자

고민과 걱정, 고통과 아픔은 집착으로부터 비롯된다. 집착한 것에서 벗어나 시간이 지난 후 돌이켜보면 그때의 집착이 큰 의미가 없음을 뒤늦게 알고 후회한다.

인생무상이라는 말은 덧없다는 뜻이기도 하고, 허무하다는 뜻이기도 하며, 세상의 모든 것이 부질없이 헛되다는 뜻이기도 하다. 인생이 무상하다는 말의 의미를 깨닫기 어렵지만, 나이가 들어가면서 자연스럽게 그 깊은 의미를 서서히 알아가고 있다. 왜 인생은 허무한 것일까?

우리는 모두 결국 죽기 때문이다. 이 세상에서 죽음보다 더 공평한 것은 없다. 죽음은 모든 것을 미련 없이 내려놓고서 황망하게 이 세상을 떠나는 길이다.

그렇다면 살아 있는 동안 그 무엇에도 집착하지 않고 베풀고, 나누며 그 어떤 미련이나 후회도 없도록 원 없이 사랑하며 사는 것이 어떨까. 비록 인생은 허무할지라도 삶은 후회없이 행복하도록 말이다.

비어 있는
온전함

텅 빈 마음은 인생의 완성이다
채워진 것이 아니라 무한히 넓은 하늘처럼
빈 잔이어야 물을 담을 수 있고
빈 마음이어야 욕심 없이 깨끗하고
맑고 아름다워 모든 것을 품을 수 있다

살아가면서 느끼는 것은
빈 마음이어야 한다는 것이다

마음을 비우지 않은 채 산다는 것은

한없이 무겁고 고달픈 일이다

텅 빈 마음이어야만

인생의 수고로운 짐을 벗을 수 있다

텅 빈 마음이어야

갈등과 이해, 미움과 시기

질투와 욕심의 어둠을 뚫고

하나가 될 수 있다

비어 있음은 없음이 아니라

온전하게 하나가 되는 것이다

잘못된 선택과
옳은 선택 사이

잘못된 일에 세상 탓, 남 탓만 하고 살았다. 그렇다고 세상이 내 뜻대로, 내 마음대로 되지도 않았다. 내 뜻대로 바뀌는 것도 없었다. 순간적으로, 감정적으로 분풀이해봐야 그때뿐이었고, 아무런 소용도 없음을 알게 되었다.

부당한 무언가, 부적절한 무엇인가를 바꾸고 싶다면 이유도 핑계도 대지 않아야 한다. 감정적 분노가 아닌, 오직 자신의 힘과 실력으로 보여주면 된다. 그들보다 더 나은 사람이 되고, 세상과 사회와 조직에 정말 필요한 사람이 되는 것이다.

자신이 받았던 불합리한 것을 받은 만큼 돌려주려 한다면 그와 똑같은 사람이 되는 것이다. 그리고는 뒤늦게 '혹시 내가 그때 조금만 인내하고 참았더라면 어땠을까?'라는 생각과 후회가 두고두고 나를 괴롭힌다.

분노와 증오심, 적개심과 복수, 미움과 시기, 질투, 원망을 내려놓거나 잘라버리지 않으면 그 감정의 대상과 똑같은 사람이 된다는 점을 기억해야 한다.

내가 바뀌지 않으면 아무것도 바뀌지 않는다. 나는 그들과 다르다는 것을 감정을 넣지 않고 오직 깨끗하고 바른 마음으로 보여주면 된다.

그 무엇을 선택하든 자신의 인생이지만, 한 번의 잘못된 선택으로 인해 주변의 소중한 것들을 잃지 않았으면 좋겠다.

설령 바뀌지 않더라도 최선을 다한 그 노력만큼은 진

실이기에 언젠가 빛을 발하는 날이 반드시 올 것이다.

불합리한 일들과 상황 속에서 건강하게 살아가기 위해서는 그러한 것들이 잘못되었다고 스스로가 당당하게 보여주는 삶을 살면 됩니다.

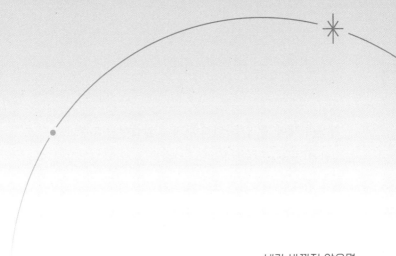

내가 바뀌지 않으면
아무것도 바뀌지 않는다

나는 그들과 다르다는 것을 감정을 넣지 않고
오직 깨끗하고 바른 마음으로 보여주면 된다

자신의
능력

자신이 해야 할 일을 열심히 하지 않으면서 누군가의 도움만을 청하는 사람이 있다. 그러한 사람은 누군가의 도움을 기대하다가 일이 뜻대로 되지 않으면 세상 탓, 남 탓, 신세 탓으로 돌리고 원망의 시간만을 보낸다.

하늘은 스스로 돕는 자를 돕지 않는다. 스스로 노력해서 자기 자신을 돕는 것이고, 그리하여 어떤 도움과 행운이나 복도 자신의 힘으로 얻는 것이다.

어떤 일을 시작하기 전부터 요행을 바라지 말아야 한다. 따지고 보면 그 일들은 당신이 노력했다면 해낼 수 있는 일들이었을 수 있다.

스스로가 열심히 노력하지 않으면 그 어떤 기회도 오지 않을뿐더러 그 누구도 당신의 기회를 대신해주지 않습니다.

후회하지
않는 삶

우리는 많은 순간을 후회에 시달리며 살아간다.

그때 다른 길을 선택했더라면?

그때 냉정하고 차분했더라면?

그때 조금 더 열정적이었더라면?

그때 다르게 행동했다면 지금 내 모습은 달라졌을까?

우리가 살아가는 동안 후회하지 않는 날들은 과연 얼

마나 될까?

우리는 시행착오 끝에 성숙해진다. 살면서 우리는 끝없이 선택의 순간과 직면하게 되고, 어떠한 선택 뒤에는 후회에 빠져들기도 한다. 고심 끝에 결정한 일에 대해서도 결과가 나의 기준에 충족하지 못하면 결국 후회하고 만다.

그렇게 후회는 선택의 부산물처럼 매번 우리를 따라다닌다.

후회를 하게 되는 가장 큰 이유는 내가 내린 선택이 결정을 내린 후에 그제야 최선의 선택이 아니었다고 느껴지기 때문이다.

후회는 선택에 따른 어떠한 결과를 자신의 탓으로 생각하는 정신적 태도, 자신은 다르게 행동할 수도 있다는 그런 자유가 있었다는 의식을 전제로 일어난다. 만약 어떤 행위가 자신의 자유로운 결단에서 이루어진 것이 아니라고 한다면 우리는 후회라는 감정에서 벗어날 수 있을지도 모른다.

하지만 우리는 자신의 자유로운 가치 판단을 중요시하는 인간이기에 선택한 행위에 대해 크고 작은 후회를 하며 살아간다. 그렇다고 후회하지 않기 위해 어떠한 행위를 미루거나 하지 않는다면, 그 또한 어리석은 일이다.

우리는 했던 일보다 하지 않았던 일로 인해 후회를 한다. 하지 않은 일보다 한 일에 대해 후회하자는 말은 무슨 일이든 먼저 행동하고 실천하라는 역설일지도 모른다. 어떤 행동을 함으로써 일말의 후회가 있을지라도 적어도 해보지 않은 것에 대한 환상이 존재하지 않기 때문이다.

내가 좋아하는 일 중에 할 수 있는 일, 미련 두지 않는 일, 후회하지 않는 일을 하며 살아가야 한다.

미루고 머뭇거리며 배회하는 삶에는 그때 하지 못한 후회 속에 땅을 치며 후회하게 되는 마음만이 자리하게 됩니다.

✳

내가
좋아하는 일 중에

할 수 있는 일,
미련 두지 않는 일,
후회하지 않는 일을 하며
살아가야 한다

복잡함 속에서
길이 보인다

생각은 무게가 없다. 하지만 우리가 체감하는 생각의 무게는 상상하지 못할 정도로 무겁다. 고민과 걱정이 있거나 초조하고 불안할 때면 생각의 무게는 무거워져 우리를 긴긴밤 동안 잠 못 들게 하고, 식욕과 의욕마저도 뭉개버릴 정도로 육중해진다.

이런저런 걱정이나 고민, 슬픔과 분노 등이 생겨 마음이 무거워지고 고통스러울 때면 감정이나 고민을 꺼내 눈앞에 놓아 보자. 눈앞에 꺼내 놓아 보면 아무것도 보이지 않고 실체도 없는 것 때문에 걱정하고 고민하고 있었음을 알게 된다.

마음에서 일어나는 감정, 걱정과 고민은 신기루처럼 실체가 없다. 그 본질만 제대로 알면 별것 아닌 것에 괴로워하고 고통 받았던 자신의 모습이 보인다. 그제야 비로소 자신의 마음을 다루는 올바른 방법을 알아 부정적인 감정들을 쉽게 털어버리고, 마음을 평화롭고 고요하게 만들 수 있게 된다.

생각의 안개가 마음에 짙게 끼어 시야를 가리기도 하지만, 때로는 복잡한 생각들 속에서 길을 찾을 때도 있습니다.

그래도
괜찮은 하루

낯선 세상에 태어나 살아보니 세상은 신비했다. 알아야 할 것도 많았고, 사람을 만나 관계도 맺으며 살아야 했다. 학업을 통해 배워서 취직도 해야 했고, 일을 하며 돈도 벌어야 했다. 두근거리는 사람을 만나 오직 사랑하는 마음으로 결혼도 해야 했으며, 자식이 생겨 가족도 부양해야 했다. 그만큼 아껴서 저축도 해가며 알뜰하게 살면서 집도 장만해야 했고, 건강도 챙기며 살아야 했다.

그렇게 살다 보니 어느새 나 또한 세월과 함께 나이가 들었고 자녀들도 홀로서기가 가능한 만큼 성장했지만 반대로 부모님은 점점 더 야위였고 주름살도 늘어나 백발의 노인으로 변해갔다.

안타깝고도 서글픈 현실이지만, 어쩔 수 없이 그렇게 살다 가는 우리네 인생이었다.

살아 보니 마음은 어지러웠고 혼란스러웠으며 일에 지치고 피곤했다. 사람은 알다가도 모르겠고 관계는 맺으면 맺을수록 복잡하고 아리송했다. 삶과 인생은 두려웠고, 무서웠고, 버거웠고, 슬픔과 아픔의 고통도 있었지만 반면에 재미와 즐거움이 있기도 했고, 추억과 기쁨과 행복도 있었다.

그 속에서 좋아하는 것과 하고 싶은 것도, 해보고 싶은 것도 하며 즐기고 음미하며 살아보니 인생은 살아볼 만했다.

살아 있는 동안은 찬란하게 빛나는 삶을 살아야 하는 것이 내 삶의 이유였다.

아쉬움 없는
바람처럼

늘 태어났다고 생각하며 살았으면 좋겠다

오늘 죽는다고 생각하며 살았으면 좋겠다

오늘 하루가 내 생의 전부라면 얼마나 아쉬울까?

오늘 하루가 내 생의 끝이라면 나는 어떤 마음일까?

다시는 이 모든 것들과 만날 수 없다는 이별

그 이별의 명확성이 눈물로 다가선다

아마도 집착의 결과가 이런 것이 아닌가 싶다

어릴 적 다짐한 것이 있다

눈물이 나오지 않을 만큼만 머물다 가자
하지만 이 다짐은 수십 번이나 깨졌다
더러는 눈물을 머금으며 살기도 했고
하염없이 눈물을 흘리며 살기도 했다
세상 모든 것을 따뜻하게 느끼면 느낄수록
눈물은 자꾸 찾아오곤 했다

그저 바람처럼 어느 자리에서도 떠날 수 있는 삶을
아직 만나지 못하고 있는 것 같다
그것은 그냥 열심히 산다고 얻어지는 것은 아니다
생명의 본래 모습을 깨달아야 비로소
바람과도 같은 삶을 만날 수 있다

집착하지 않고 조심스레 바라볼 때 비로소
오늘 하루가 영원과 다르지 않다는 것을 알게 된다
아쉬움 없이 보내는 생의 그날을 기다리며
바람처럼 떠날 수 있는 삶을 살길 희망하며

2장

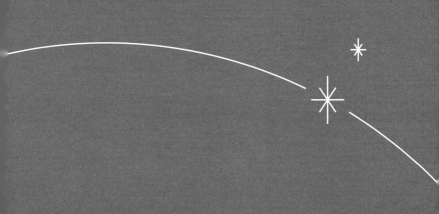

오늘의 내가

희미해지지
않도록

취향의
존중

뒤처지는 것 같아 걱정되고
자신을 믿지 못해 고민이라면
먼저 스스로를 이해해야 한다
마음을 적시는 한 곡의 음악
잊지 못할 영화의 한 장면
세월이 흘러도 기억나는 그리운 순간
누구도 같지 않을 삶의 이정표들이다
당신이 얼마나 좋은 차를 타고

얼마나 비싼 집에 사는지는

세상의 기준에 나를

얼마나 맞추었는지를 알려주고

언제 기쁘고 슬프며 행복한지

어떤 이를 사랑하는지는

내가 누구인지를 알려준다

비슷하지만
같지 않은

개인의 개성과 능력을 존중하기보다 기업과 조직에서
의 용도에 따라 사람들을 평준화하고 저울질하는 세상이
다. 그래서 현실은 매뉴얼대로 생산된 집단과 그 집단을
효율적으로 관리하고 통제할 줄 아는 사람들의 모습으로
변해버렸다.

서로를 짓밟고 올라서기 위해 누군가는 뒤통수를 치
고, 누군가는 이간질당하고, 부도덕하고 파렴치한 인간으
로 내몰리는 잔혹한 현실 속에서 정치와 파벌에 대한 충

성심은 최고의 미덕이 되었다. 또한 확고한 신념을 가진 개인과 능력자들은 가차 없이 용도 폐기되어버리는 그런 이상하고도 불편한 세상이 되어버렸다.

이 살벌하고도 냉혹한 현실에서 결국 살아가려는 자와 살아남으려는 자, 혹은 버림받은 자와 살아남는 자만 있을 뿐이다. 또한 영원한 것은 없듯 결국 개성을 지켜가던 사람들마저 남들과 같은 모습으로 변해버리고 만다.

변화의 세상, 혁신과 창조적 인재를 내세우는 현실과 모순적이게도 기업과 회사, 직장과 조직 내에서 나는 과연 어떤 모습으로 살아가야 할까?

미래 사회에서 요구하는 인재가 되려면 자신의 정체성을 잃지 않고, 전문성을 유지하고 키워나가면서 다른 것을 유연하게 받아들일 줄 알아야 한다. 다른 분야의 경계를 넘어 소통을 통해 문제를 해결할 수 있어야 한다.

빛나는
발견

세상에 완벽한 사람은 없다

누구나 부족하고 미흡하다

하지만 괜찮다

부족하지 않은 사람만

행복할 자격이 있는 것은 아니니까

그늘은 빛의 흔적이다

그림자를 뒤로하고 나아가는

당신의 모습은 아름답게 빛나는 중이고
더욱 환하게 빛날 것이다

이를 발견하는 것이 우리의 몫이다

자신을
아는 사람

　자기 자신이 어떤 사람인지 모르는 것은 치명적인 약점입니다. 그렇다고 해서 자기 자신을 아는 일이 절대 쉬운 일은 아닙니다. 그 어려운 과제를 수행하기 위해 이리저리 흔들리며 살아가는 우리지요.

　하지만 분명한 것은 자신이 누구인지를 아는 사람의 길은 곧고 높은 오르막길이지만, 자신이 누구인지 모르는 사람의 길은 평탄하지 않은 내리막길이라는 점입니다. 누구나 곧고 높은 탄탄대로를 달리고 싶어 하지만, 그 행운이 누구에게나 허용되지 않습니다. 그렇기에 현실은 냉혹하게 느껴집니다. 자신을 아는 사람이 되어야 그 행운을 잡을 수 있고, 그것을 모르면 인생은 쉽게 엉망진창이 되고 맙니다.

자신을 모르는 사람은 생각이 없거나 생각할 줄 모르며, 생각이 멈추면 확증 편향이나 자기 확신에 빠지기 쉽습니다. 생각은 속성상 호기심으로 출발해 개방적이지만, 생각이 멈추면 개방성이 사라져 자기 확신의 감옥에 스스로 갇히게 됩니다. 또한 자기 확신이 무너지면 자신의 존재성이 희미해 억지로 자존심을 내세우게 됩니다. 생각하지 않으면 바라는 것이 없으니 생각도 없는 것입니다.

무엇인가를 바라는 주체는 오로지 자기 자신뿐입니다.
자기 자신을 향해 걷는 사람만이 자신이 무엇을 바라는지 알고, 자신을 향해 걸을 줄 모른다면 그 사람은 분명히 생각하지 않는 무지몽매(無知蒙昧)한 사람입니다.

마음

크기도 없는 마음이다
모양도 없는 마음이다
빛깔도 없는 마음이다
실체가 없는 마음이다

볼 수도 없는 마음이다
만질 수도 없는 마음이다
찾을 수 없는 신기루다

잡을 수 없는 아지랑이다

없음에도 묘한 작용을 하는 마음
그 작용을 누가 알겠는가?
아무도 모르는 게 마음이다
신비로운 마음이다

그저 가는 마음 따라
내 마음도 흘러갈 뿐

흔들리는 마음

우왕좌왕 이리저리 왔다 갔다 하면서 일이나 나아갈 방향을 종잡지 못한다는 뜻으로 '갈피를 못 잡는다'라는 표현을 쓴다. 우리의 마음은 왜 갈피를 잡지 못하고 쉽게 흔들릴까?

마음이 흔들리는 데에는 누군가 있어야 한다. 또한 외부의 상황과 조건이 만들어져 내가 반응하는 상태가 계속 될수록 마음은 쉽게 흔들린다.

마음이 흔들리고 있다는 것을 알아차려야 흔들리는 마음을 멈출 수 있다. 하지만 여러 가지 요소로 인해 양파 껍질을 벗기듯 끊임없이 새로운 상황과 조건이 만들어지고, 이로 인해 흔들리는 마음을 꼿꼿하게 잡기가 쉽지 않다.

그러므로 바르게 볼 줄 알아야 하고, 올바르게 행동할 줄 알아야 하고, 부지런히 노력할 줄 알아야 하고, 바르게 기억하고 생각할 줄 알아야 한다.

바르게 마음을 안정할 줄 알아야만 마음을 챙길 수 있다. 지혜를 겸비하고 바르게 생활하여 언행일치와 함께 조화롭게 해나가면 마음이 정화됨을 느낄 수 있다.

'내가 불안하고 흔들리는 이유가 이것 때문이구나?' 이렇게 무의식을 의식화해서 탐구하다 보면 정화도 되고, 흔들림 없이 안정감 있는 마음 상태를 유지해 나갈 수 있다.

흔들린다는 것은 오롯한 자신을 몸과 마음 그리고 정신에 뿌리내리지 못했기 때문입니다.

자애로운
마음으로

타인은 물론 가까운 사람이나 자신에게도 이런 말을
자주 건넨다.

너는 겨우 이 정도밖에 안 되니?

그렇게 의지가 약해서 앞으로 뭘 할 수 있겠냐?

그런 식으로 살다간 넌 평생 아무것도 못 할 거야.

넌 구제 불능이야.

우리는 마음속에 세운 자신만의 기준으로 그것을 어기
거나 미치지 못하면 벌을 준다. 화를 내고, 자책하고, 자해를 가하는 식으로 말이다. 그러다 결국 마음의 상처나 아픔과 트라우마 등의 문제를 만드는 원인이 된다.

건강한 몸에 계속해서 자극을 주면 상처가 생기고 피가 나는 것과 같다. 마음에 가혹한 상처를 계속해서 주면 그것이 쌓여 마음의 병으로 자리 잡게 된다.

자애는 아무런 조건 없이 용서하고, 있는 그대로 받아들여 오직 행복만을 바라는 따뜻한 마음입니다. 우리가 살아감에 있어 많은 조건에 부딪히지만 자애의 마음처럼 아무런 조건을 달지 않았으면 좋겠습니다.

자애의 마음은 아주 순수한 마음이기에, 아무런 부작용도 없이 마음의 문제들을 치유해줍니다. 그러니 지금부터 우리, 만나고 헤어짐 속에서 서로에게 자애로운 마음을 가져보면 어떨까 합니다. 그러면 우리의 마음이 평화롭고 행복해질 테니.

자애로운 마음은 오직 당신의 행복만을 바라는 따뜻한 사랑의 마음입니다. 오늘 당신이 행복하기를 자애로운 마음에 정성 가득 담아 보냅니다.

잡다한 생각에서
벗어나기

생각은 집착을 불러들인다. 생각을 버리고 잊으려 하면 할수록 자꾸만 생각하게 만든다. 그러니 잡다한 생각이 내게 전혀 도움이 되지 않음을 알아차려야 한다. 나는 왜 필요하지 않은 생각을 하고 있는지, 생각이 필요한 원인이 어디에 있는지 살펴야 한다.

예를 들어 돈을 버는 일을 고민한다는 것은 돈이 내게 행복을 가져다줄 것이라 여기기 때문이다. 돈이 어떻게 행복을 가져다줄 수 있을까? 내가 원하는 어떤 조건이나 대상을 구할 수 있게 해줌으로써 행복을 주는 것이다. 그렇다면 원하는 어떤 조건이나 대상을 왜 구하려고 하는 걸까? 그것이 나에게 기쁨과 즐거움과 행복을 줄 거라고 여기기 때문이다. 그 즐거움은 어디에서 오는 걸까? 바로 내가 좋아하는 데서 오는 것이다. 내가 싫어했다면 기쁨과 즐거움, 행복을 주지 않는다. 내가 좋아하니 그것을 원하고, 그것을 원하니 돈이 필요하고, 돈이 필요하니 일에 대한 걱정과 고민이 생기는 것이다. 이렇듯 잡다한 생각을 하게 되는 것이다.

결국은 내가 좋아함으로 돌아온다. 그 좋아함을 얻으면 행복이라 여기고, 싫어하는 것을 얻으면 고통이라 여기며 불행이라 생각하는 것이다. 이 모든 것의 주체는 결국 나에게서 비롯된다. 그렇다면 반대로 싫어하는 것을 좋아하면 어떨까?

지혜롭고 현명한 사람은 좋아하는 마음과 싫어하는 마음, 그것의 주인을 알고 있다.

어떻게
보려 하는가

태어남은 죽음을 담고 있고
만남은 헤어짐을 예정하고
사랑의 행복은 이별의 아픔과 단짝이고
성취의 만족감은 실패의 좌절감과 동행하고
날씨도 더웠다가 추웠다가 맑았다가 흐렸다가
엎치락뒤치락하는 것이 우리네 삶이다

세상은 밝은 면과 어두운 양면을 지니고

삶에서 오가는 행복과 불행 좋음과 싫음을

어떻게 보려 하는가 하는 지혜만이

좋은 일에도 우쭐대지 않고

나쁜 일에도 좀 더 담담할 수 있게

우리의 마음을 건강하고 평온하게 만드는

마음의 보약이 되어준다

저만치의
애틋한 그리움

밤하늘의 별을 올려다보니
떠오르는 소중하고 아름다운
사람들 그리고 이름들

슬프고도 아리지만
그런데도 만날 수 없지만
마음 한편에 그런 사람이
있다는 것은 행복이다

화려하게 빛나지 않더라도

비록 그 빛이 덜할지라도

아스라이 저만치 있는 별에

보고픈 그리움 하나 띄워 보낸다

문득 올려다본 만질 수 없는 경주의 밤하늘이었다

달빛은 나를 포근히 감싸고 별빛이 쉼 없이

내 눈 속으로 들어오는 밤하늘은

황홀 그 자체였고 감동의 하모니였다

숨 막히는 도심 속 그 어떤 지상의 장관도 이런 경이는

없었기에

빛나고 있던 별의 실체는 진정한 아름다움이었다

어둠이 밝음을 가리는 것이 아니라 어쩌면

늘 빛나고 있는 별이 있었음에도

우리의 상식이나 세상의 성장에 가려져

진실을 가렸을지도 모르겠다는 생각을 놓치고 있지 않

았나 싶다

그동안 우리는 밝은 하늘이 별을 가리고 있었기에

밤하늘이 별을 가렸다고 생각했을지도 모르겠다

늘 저만치에서 반짝반짝 빛나는

손에 잡히지 않는 밤하늘의 별은 밝고 기쁘기도 하지만

슬프고 가슴 아프기도 한 아련함과 순수함 그리고 애
틋함이 서려 있었다

어둠이 밝음을 가리는 것이 아니라
어쩌면 늘 빛나고 있는 별이 있었음에도
우리의 상식이나 세상의 성장에 가려져

진실을 가렸을지도 모르겠다는 생각을
놓치고 있지 않았나 싶다

산다는 것의
가치

우리는 자신의 가치를 일로 평가하는 오류를 범한다. 예를 들면 일이 많아 늘 바쁘고 자신을 찾는 사람이 많으면 그 사람을 가치 있는 사람이라고 착각하는 것처럼 말이다. '요즘 바쁘시죠?'와 같은 인사가 '당신은 괜찮게 사는 사람이야'라고 인식하는 것처럼.

왜 우리는 사람의 가치 평가 기준을 그의 사회적 위치와 얼마를 버는지, 아파트 위치와 평수, 차의 가격을 기준으로 삼는 착각 속에 살까?

인간의 가치는 물질적인 것과 보이는 것이 전부가 아니다. 우리의 가치는 자기 삶에 대한 따뜻한 사랑과 자기애, 그리고 삶의 좋은 이치를 조금이라도 알아가고 나누는 것에 두어야 하지 않을까?

행복하기 위해 노력해온 당신이기에, 여기까지 잘 왔으니 앞으로도 잘 살아갈 수 있다. 우리 소소하게 사랑하고 나누며 살아갔으면.

세상 속
착한 사람

　착하고 어진 사람들이라는 뜻의 선남선녀(善男善女)라는 말이 있습니다. 본래는 세상의 착한 사람들이란 뜻인데, 실제로는 세상을 살아가는 평범한 사람들을 가리킬때 자주 쓰입니다.

　착한 남자와 착한 여자라는 뜻으로 신심(信心)이 깊은사람들을 이르는 말이기도 하고, 착하게 살아가는 평범한사람들, 그리고 곱게 단장한 젊고 아름다운 남자와 여자를 뜻하기도 합니다.

착한 사람은 언행이나 마음씨가 곱고 바르며, 상냥하고, 법과 규범과 규칙을 잘 지키며 사는 사람입니다. 그런데 세상은 '독하게 살아'라며 오히려 착한 사람이 되지 말라 합니다.

우리는 본인이 하고 싶은 것이나 원하는 방향이 있음에도 불구하고 그것을 잘 드러내지 않고 타인의 의견에 순종하는 사람을 보며 착하다고 말합니다. 자기주장이 강하지 않고 타인의 요구를 잘 받아주니 문제가 일어날 일이 없기 때문입니다. 또한 내 말을 잘 들어주기 때문에 그 사람을 편한 사람, 좋은 사람, 착한 사람이라 칭찬하는 것입니다.

그런데 문제는 지나치게 타인의 요구에 맞춰 살다 보면 자신도 모르게 내 안의 욕망이나 감정들에 소홀해지게 된다는 점입니다. 내가 지금 느끼고 있는 것들을 소중히 여기지 않고 무시하니 어른이 되어서도 내가 정말로 뭘 하고 싶은지, 내가 대체 누구인지 잘 모른 채 살아가게 됩니다.

부당한 대우나 나를 힘들게 하는 사람을 만났을 때도 자신이 느끼는 분노와 억울한 감정을 제대로 표출하지 못하니 상대방에게로 향했어야 할 정당한 분노가 내면에 갇혀 자신을 공격하게 됩니다. '나는 왜 이렇게 화도 제대로 못내는, 말도 제대로 못하는 멍청이일까?' 하고 말이지요.

지금 내가 느끼는 감정은 무시당해도 되는 하찮은 것이 아닙니다. 관심 받을 만한, 관심 받아야 하는 아주 소중한 것임을 알아야 합니다. 남들이 원하는 일을 잘했을 때만 가치 있는 것이 아니라, 이미 존재 자체가 사랑받아야 한다는 사실을 명심해야 합니다. 그리고 내 안의 감정을 억압하고 무시한다고 해서 그것들이 쉽게 사라지지 않는다는 점을 기억하세요. 물이 한곳에 고이면 썩듯 감정도 마찬가지입니다. 감정을 억압하는 데 습관이 들면 억압된 감정의 에너지가 건강하게 흐를 수 있는 길을 찾지 못해 마음에 많은 문제가 생겨납니다.

지금부터 남들이 나에게 기대하는 바를 좇기 전에 내 안에서 진심으로 무엇을 원하는지 내면의 소리를 들어보세요. 사람들로부터 이거 해달라, 저거 해달라 하는 요구가 있어도 내가 정말로 하기 싫다는 감정이 올라오면 애써 내 감정을 숨기며 상대방의 요구를 들어주려 애쓰지 마세요. 감당이 되지 않을 만큼 힘들게 나를 소진하지 마세요.

혹시 내 감정을 있는 그대로 표현하면 상대방이 나를 싫어하지 않을까, 관계가 틀어지지 않을까 하는 걱정도 하지 마세요. 상대방과의 관계 속에서 오는 갈등과 어려움이 힘들더라도 무조건 받아들이지 말고 직면하고 맞닥뜨려야 합니다. 미안해하지 말고 단호하고, 간결하고, 정중하게 내 느낌을 말하면 됩니다.

그런 당신은 착한 사람이었고, 지금도 정말 착한 사람입니다.

이제는 실천만 남았습니다. 정말 착한 사람은 바탕이 선하고, 깨끗하고 맑은 가운데 올바른 길을 공부하고 배워 겸손과 더불어 독단에도 빠지지 않고 떳떳하고 당당하게 자신의 길을 가는 현명함을 지닌 선남선녀 같은 사람입니다.

끊임없이
변해가는 세상

태어나 늙고 병들고 죽음을 맞이하듯이
무엇 하나 변하지 않는 게 없다
변함없는 건 진리일 뿐인데
사람들은 나에게 변했다고 한다

나의 얼굴이 변해가고
변화된 생활을 살고
몸도 마음도 변해가고

겉부터 속까지 변해버리는

당연한 자연의 순리에

사람들은 내게 변하지 말라 한다

또 다른 모습으로 나타나면

또다시 생각이 변할 당신의 마음은

돌아보지 않고 변하고 있는 당신은 챙기지 않고

타인에겐 변하지 말라 한다

우리는 서로의 변해가는 모습에

더 탁해지더라도 더 맑아지더라도

언젠가는 완성될 자아에 대해

존경심을 가져야 한다

내 안과 밖의 나를 돌아보며

선한 영향력의
진짜 마음

우리 주변에는 각자의 자리에서 선한 마음과 행동으로 주변을 밝게 빛내는 이들이 참 많습니다.

선한 영향력을 실천하는 사람은 자신의 선행이나 영향력을 드러내지 않고 오히려 감추려 듭니다. 드러나지 않은 선한 영향력은 은혜를 입고 영향력을 받은 사람에게 전이되어, 그 사람의 노력과 실천의 행동으로 자연스럽게 드러나는 것입니다. 이것이 선한 영향력을 행사하고 펼치는 사람의 진짜 참 마음입니다.

선한 영향력은 민들레 홀씨처럼 작은 마음으로부터 출발합니다. 민들레 홀씨가 바람 타고 어디든 찾아가 민들레 밭을 이루어 세상 곳곳 여기저기에 퍼져 어제보다 나은 나와 오늘이, 오늘보다 나은 나와 내일로 이어져 행복한 웃음을 만듭니다.

나 하나 쓰레기를 함부로 버리지 않고 휴지를 줍는다고 뭐가 달라질까? 나 하나 착하게 산다고 뭐가 달라지고 바뀔까? 나 하나 선한 영향력을 펼친다고 세상이 얼마나 달라질까? 나 하나 기부와 나눔과 봉사를 하며, 참여를 외친다고 따뜻한 사회로 변할지 생각에만 그치는 것이 아닙니다. 세상의 모든 변화는 나로부터 시작됩니다.

사람 냄새
나는

나는 부끄러움을 아는 사람이고
뉘우칠 줄 아는 사람이며
괴로워할 줄 아는 사람이다

나는 사랑할 줄 아는 사람이고
따뜻함이 있는 서정을 느끼는 사람이며
끊임없이 용서하며 운명을 사랑하는 사람이다

나는 인간미가 잔뜩 들어 있는

내 삶이 들판에 핀 소박하고 순수하고 솔직하고

사람 냄새 나는 삶이었으면 좋겠다

3장

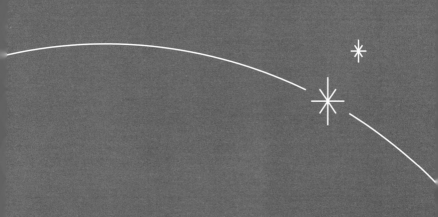

혼자가
아닌 내가

외롭지 않도록

진정한
우정의 친구

그냥 그가 나의 친구가 되었으므로
그 사실만으로 나는 기뻐할 것이고
어쩌다 그가 나를 모질게 떠난다 할지라도
그가 내 곁에 머무는 동안
내게 준 우정에 기뻤고
든든한 마음으로 행복했다

그리하여 진정한 우정의 친구는

세월이 지날수록 더 아름다워지고
시간이 흐를수록 더 가까이 느껴지는

보이는 것으로만 평가되는 이 세상에서
서로에게 마음으로 의지가 되는 친구다

아프고 슬픈 날에
어렵고 가난한 날에
외롭고 허전한 날에
좋지 않은 날일수록
난처한 환경에 처할수록
더욱더 돈독해지는
진정한 우정의 친구로 남았으면

사랑하며
살자

우리가 타인을 미워하는 것은
그가 미운 짓을 해서일 수도 있지만
나의 마음에 미움이 자랐기 때문이다
타인을 사랑하지 않는 것도
내 안에 타인을 사랑할 마음이 없기 때문이다

나의 마음 안에 미움의 마음이 자라지 않았다면
타인이 미워질 리 없고

내 마음에 사랑이 자랐다면

아무리 타인이 미운 짓을 하더라도

사랑스러울 것이다

마음 안의 감정들은 다 내가 만드는 것이니

서로 미워하지 말고 사랑하며 살자

미워하는 것도 사랑하지 않는 것도 내 마음이니

미움 시기 질투를 내 마음 안에 심지 말고

그 마음에 진실로 선한 마음

남을 칭찬할 수 있는 사랑을 마음에 심자

미움도 질투도 원망도 아쉬움도 미련도

다 내 마음속에 있는 것이다

우리 원 없이 사랑하며 살자

따뜻한 사람

다른 사람은 결코 보지 못하지만
자신의 눈에는 그 장점이 한눈에 쏙 들어오는 것
그것이 사랑이다

때론 그런 능력은 사랑하는 사람에게만 아니라
세상을 바라보는 시선에서도 발휘된다
타인을 보면서 그 사람의 장점에는 지독히 인색하면서
단점은 잘 찾아내는 사람들이 있다

단점 하나라도 발견하게 되면 그것이 곧
그의 전부인양 부풀리곤 하는 사람들이 있다

혹시 당신도 그런 사람은 아닌지
이제 그런 못난 습관은 버리기로 하자
사람은 누구에게나 장점도 있고 단점도 있다

중요한 것은 우리가 어떤 부분을 확대경으로 바라보는
가에 있다
평범한 사람을 두고 그의 장점을 확대시켜 볼 줄 아는
사람
상대방의 단점은 눈에 들어오지 않고 장점을 잘 보고
느끼는 사람
그 사람이 곧 따뜻한 사람이다

그
또한 삶

힘겹고 슬프고 두려운 것이 많은 인생이다. 인생은 때로 인내해야 하고, 인내 이후에는 행복이 찾아오기도 한다. 그러나 가끔은 인내 끝에 행복이 아닌 절망이 기다리고 있기도 하다. 사랑하는 이가 떠나기도 하며, 젊음을 바친 시험과 취직의 좌절과 사업의 실패로 인생은 우리를 배신하기도 한다. 그만큼 예기치 않은 고통을 가져다주는 것 또한 인생이다.

나는 그저 묵묵히 살아가는 방법만을 알고 그 삶을 살아가게 해줄, 힘을 주는 것들을 소중히 하려 한다. 소소하지만, 가까이 있는 작은 것들과 내 곁의 소중한 사람들을.

우리가
나누는 마음

인생에 의미와 가치를 부여하는 따뜻한 햇볕은 '사랑'과 '정'입니다. 가정과 사회, 이웃 간에도 흐뭇하고 아름다운 사랑과 정을 나누고 살면 얼마나 좋은지요.

곱고 아름다운 정 속에는 사랑이 들어 있기 때문에, 고단한 인생에도 불구하고 용기와 희망을 기대하며 살아갈 수 있습니다. 사랑과 정의 아름다움이 있어 힘든 인생도 거뜬히 기쁜 마음으로 살아가게 되는 것입니다.

사랑과 정을 나눈다는 것은 상대에게 따뜻한 관심을 둔다는 뜻입니다. 내가 사랑과 정의 주체가 되어 누군가를 사랑하는 동시에, 내가 사랑과 정의 객체가 되어 누구의 사랑과 정을 받기도 하듯이.

내가 사랑할 사람도 없고, 나를 사랑해주는 사람도 없을 때 나의 존재와 삶은 무의미와 무가치로 전락하고 맙니다.

사랑과 정이 없는 인생은 풀 한 포기 없는 사막과 같고, 말라버린 우물과도 같습니다. 삶에 빛과 향기를 주고, 기쁨과 보람을 주며, 의미나 가치와 희망을 주는 그것이 곧 사랑이고 정입니다.

나는 당신을 믿고, 당신은 나를 믿을 수 있어야 합니다. 서로를 믿어야 같이 잘 살 수 있고, 같이 일할 수 있으며, 같이 친해질 수 있고, 같이 행복할 수 있는 것입니다.

그러나 믿음과 신뢰가 깨어지면 모든 것이 함께 무너지고 맙니다. 사람의 아름다운 덕은 믿음과 신뢰를 바탕으로 비로소 가능해집니다.

　사랑과 정의 마음에 믿음과 신뢰가 더해져 행복이라는 금자탑을 즐겁게 쌓으면 인생은 그만큼 풍요롭고 아름다워집니다.

곱고 아름다운 정 속에는
사랑이 들어 있기 때문에,

고단한 인생에도 불구하고
용기와 희망을 기대하며
살아갈 수 있습니다

외로운
하루 속에서도

관계에서 자유로운 이는 없다
상처받아 사람을 등지다가
마음을 터놓고 속내를 나눌 수 있는
그 누군가를 끊임없이 찾는다

서로가 서로에게 의지가 되는
따뜻한 관계를 늘 그리워한다
인간은 그렇게 서로를 의지하며 살아간다

고독은 그리하여

홀로 초연하기 힘든 인간을 은유한다

마음을
나눌 수 있는 친구

나의 슬픔과 아픔을 나눠 등에 지고 가는 사람과, 기쁘고 즐거울 때 함께 행복을 나눌 수 있는 사람이 주위에 얼마나 있는지요?

인생의 어두운 터널을 지나며 버거운 삶에 지쳐 주저앉아 있을 때 그저 말없이 내 손을 잡아 어둠 속을 함께 걸어갈 수 있고, 내 슬픔과 아픔을 기꺼이 함께 등에 지고 걸어갈 수 있는 사람은 많지 않습니다.

술과 친구는 오래 묵을수록 좋고, 우정은 익으면 익을수록 깊은 맛이 납니다. 순수했던 학창 시절로 되돌아가 수많은 인연 중에 지금까지 마음을 나누는 사람이 몇 명이나 있는지 세어봅니다. 덜 익어 풋내 나는 우정 말고, 제법 농익은 깊은 만남 말입니다. 그런 친구와는 오랜만에 만나도 어색함보다는 정겨움이 먼저 인사를 합니다.

인생을 돌아볼 때 이런 친구 한둘만 있어도 성공한 인생이라고 하지 않는지요? 지금 나는 과연 누군가에게 그런 친구가 되어 있는지 물어봅니다.

친구 따라 강남 간다는 말이 있듯이 친구가 얼마나 좋으면 덩달아 이끌려서 친구와 함께하려는 걸까요? 친구라는 존재는 인생길에서 든든한 버팀목이고, 소중한 존재라는 사실을 잊지 않았으면 합니다.

오늘 그동안 잊고 있던 친구들의 얼굴을 떠올려보고, 이름도 불러보며 추억 속에 잠겨보는 건 어떨까요? 친구가 있어서 기쁨과 즐거움도, 슬픔과 아픔도 함께 맛보고 서로 의지도 하며 낭만과 추억도 쌓을 수 있는 것입니다.

그 무엇의
관계

세상에는 돈이 된다면 무슨 일이든 할 수 있다는 사람과 돈으로 무엇이든 할 수 있다고 생각하는 사람이 많다.

인간관계에서도 자신에게 득이 되는 관계란 생각이 들면 명함을 내밀고 그들의 모임과 자리로 초대한다. 하지만 득이 되지 않는 관계라 생각되면 한순간에 가차 없이 떠나고 사라진다.

나도 한때는 많은 명함을 받았고, 많은 사람을 만나며,

여기저기 그들의 자리에 초대도 받던 시기가 있었다. 그러나 모든 것들이 한순간에 무너졌을 때, 그렇게 많았던 사람들은 그 어디에도 없었다. 차갑고 냉혹한 현실이었지만, 그 누구를 탓할 것인가?

그런 지금, 나는 과연 무엇으로 어떤 관계를 맺고 사는지 자신에게 곰곰이 물어보자.

지금 내 곁에 남아 있는 사람들이 내가 맺어온 관계의 진실이다. 진실한 인연은 시간이 지나고 때가 되면 자연스럽게 걸러지고 떠난 사람과 남을 사람과 함께 할 사람으로 남는다.

더 큰 사랑

사랑의 설렘도 두근거림도 뜨거움도 한때더라

살아보니 이제는 편안함과 친밀함이

신뢰와 믿음이 자리 하더라

사랑은 식어버리는 것이 아닌 숙성되어

모든 것을 품는 더 큰 사랑으로

성숙해 가는 것이더라

퍼지는 마음

나의 인연으로 그 사람이

걱정과 아픔과 고통에서 벗어나

행복을 얻고 깨달아 다시 배우고 실천하여

그가 행한 인연의 또 다른 누군가도 깨달아

걱정과 아픔과 고통에서 벗어나 행복할 수 있었으면

그리하여 나의 마음이 당신의 마음에

다시 누군가에게 전이되길

그저
고마운 사람이다

시간을 내서 나를 만나러 오는 사람과

시간이 나서 나를 만나러 오는 사람이 있다

시간을 내서 나를 만나러 오는 사람은

나를 늘 생각해주는 사람이어서

그만큼 고마운 사람이다

시간이 나서 나를 만나러 오는 사람은

시간이 난 그 시간에 나를 떠올리며 생각했기 때문에

나를 만나러 오는 것이니 이 또한 고마운 사람이다

경중이야 있겠지마는 나를 떠올리며 생각했을

그 마음과 함께 나를 만나러 와주는 사람이기에

나에게는 두 사람 모두 그저 고마운 사람이다

그 전에 나도 누군가에게 내가 먼저

시간이 나거나 시간을 내어서라도

만나러 가는 사람이어야 하지 않을까?

각박하고 퍽퍽한 삶 속에서

외롭고 쓸쓸하고 허전한 날일수록

당신과 함께라면 내가 먼저 찾아가겠노라고

그저 고마운 사람이 되고 싶음이다

나를 만나러 오는 그 사람 자체가 내게는

그저 소중하고 고귀한 선물 같은 사람이다

오래
함께할 친구

　가족에게는 꺼내지 못하는 얘기를 할 수 있고, 가족과는 하지 못하는 일들도 함께 할 수 있는 친구란 가족과는 결이 다르다.

　세월이 흘러 나이가 들수록 제한적 만남 속에서 친구를 어떻게 생각하고 대하며 살아가야 할까? 즐거움을 찾는 존재인 인간은 늘 만나면 즐거운 친구, 함께 있어도 기분 좋은 사람을 찾아 나선다.

위로하고, 아껴주고, 사랑해주고, 기대고 싶고, 기댈 수 있는 우정의 관계로서의 친구가 중요하고 필요하지 않을까? 예를 들어 기존에 있던 친구는 반드시 지켜야 할 친구이고, 앞으로도 이어질 친구이며, 절대로 놓아서는 안 되는 친구다. 결국 오랜 친구를 잘 돌보는 것은 나를 돌아보는 것과 같다.

현재의 친구를 품는 것은 지금의 나를 안아주는 것이기에 이 친구들은 앞으로 미래를 만들어갈 친구가 된다. 그리고 앞으로 있을 친구는 새롭게 나를 만드는 친구다. 그렇게 친구가 만들어지면 친구를 통한 삶의 기쁨과 즐거움을 경험하게 된다.

혼자보다는 같이 노는 게 재미있고, 즐거움과 추억도 배로 쌓인다. 같이 먹어야 맛도 있듯이, 그렇게 오고 가며 세월과 함께 가는 것이 친구 관계다.

만나면 좋은 친구가 아닌 나를 만나러 오는, 나를 만나주는 친구가 좋은 친구가 아닐까 싶다.

진정한 친구는 멀리 있어도, 만나지 않아도 가면 갈수록 깊어지는 달 같은 사람이다.

트라우마
극복

누군가를 만나 처음으로 나를 진심으로 이해하려 노력하고 함께 아파해주고 있다고 느꼈다. 내가 가장 믿는 사람이지만, 나는 여전히 거리를 만들고 있다.

트라우마는 마음의 붕괴이며 지울 수 없는 쓰라린 상처다. 믿어도 되는 사람의 진심마저 불신으로 보지 못하게 만드는 두려운 마음의 고립이다.

트라우마를 극복하기 위해서는 나쁜 기억을 좋은 기억

으로 채우고 쌓아가야 한다. 주변의 소중한 사람들과 함께 인생과 자신에 대한 속마음을 나누며 살아가야 한다.

따뜻한 연민의 마음으로 이해와 믿음의 소통을 할 수 있게 되면 상처도 옅어지고 신뢰도 회복되어 마음의 고립에서 차츰 벗어날 수 있게 된다.

정신이 건강해야 삶과 인생이 행복해집니다.

부드럽고 따뜻한 안정감을 느끼며 살아가면 트라우마에서 벗어나 세상과 사람에 대해 따뜻함을 느끼며 살아갈 수 있게 됩니다.

귀 기울여
들으면

대화를 나눌 때는 자신의 의견을 분명하게 말할 줄 알아야 한다. 들을 때는 상대방의 말에 귀 기울일 줄도 알아야 한다. 사람과 사람 사이의 건강한 신호이자 상호작용을 위해서는 상대방의 말에 귀를 기울이는 능력이 필요하다. 가장 가까운 사이인 가족이나 부부와 친구 관계라면 더욱더 중요하다.

그냥 듣는 것과 경청하는 것에는 많은 차이가 있음을

유념해야 한다. 단순하게 소리를 듣는 것과 의미를 제대로 파악하지 못한 채 뱉는 말을 들을 때가 그렇다.

누군가의 이야기를 주의 깊게 경청할 때는 단순히 소리만을 듣는 것을 넘어서 단어의 깊은 의미나 전하고자 하는 메시지의 뉘앙스와 의도, 말하는 사람이 내뿜는 에너지까지 이해할 수 있다.

귀 기울여 경청하면 그 사람의 의견에 동조나 동의하지 않더라도 깊고 친밀한 관계를 이어나갈 수도 있다.

한 번쯤 생각해 보자. 나는 과연 상대방의 말을 흘려듣거나 내가 할 말만을 내뱉는지, 정말 제대로 귀 기울여 경청하고 있는지.

의식적으로 상대를 이해해보겠다는 마음으로 상대의 말을 경청하게 되면 상대방에 대한 감정도 친화적으로 바뀌고 달라진다.

더 행복을
주려는 마음

지금보다 미래에 더 나은 행복을 주는 인연이 바른 인연이자 좋은 인연이다. 그 인연은 지금, 이 순간에 결정되는 것이 아닌 내가 그 순간에 더 행복을 주려는 마음을 가졌을 때만 이루어진다.

행복을 얻으려는 눈으로만 보면 지금 당장 눈앞의 미래가 큰 고통으로 느껴질 수 있다. 상대에게 도움을 받으려고만 하지 말고 도움을 주려는 마음을 가져야 한다. 그러면 불행한 인연도 행복으로 만들 수 있다. 반면, 행복한 인연에 만족하지 못하면 불행한 인연이 된다. 그래서 삶의 경험으로 바른 인연과 좋은 인연을 선택하는 지혜를 배워가야 한다.

꽃은 늘 제자리에 있지만, 꽃을 찾아 벌과 나비는 쉴 새 없이 오간다. 향기가 오래도록 지속된다면 벌과 나비는 끊임없이 오갈 것이고, 악취를 뿜고 있다면 벌과 나비는 오지 않을 것이다. 이처럼 인연이 될 사람이면 반드시 다시 오고, 인연이 아니라면 떠나갈 것이다.

악취가 나지 않고 오래도록 향기를 지닐 수 있도록 노력하고 준비하면서 찾아온 인연에게 마음을 다해 잘 해주자. 세상에 억지로 되는 것은 아무것도 없다.

바른 인연과 좋은 인연은 행복을 빌어주고, 미워하지 않고, 상대방에게 불편함과 괴로움을 주지 않는지 돌아봄과 헤아림으로 비롯됩니다.

행복의
도우미

내 삶에서 가장 소중하고 귀중한 인연은 누구일까? 바로 당신과 함께 가정을 이루고 사는 가족이다. 내가 원하는 가족의 모습이 있겠지만, 자존심을 내려놓으면 내려놓을수록 그만큼 이익이 된다.

가정이 평화로워지기 위해서는 가능한 상대가 원하는 것을 해주고 들어주며, 서로가 그 마음과 행동을 배우고 따라 하려고 노력하는 본보기의 학습 태도가 필요하다.

오늘부터 내가 원하는 것을 해주길 바라지 않고, 그것

을 상대에게 강요하지 않는다면 가정도 행복하고 화목해지고, 가족들의 얼굴에 늘 화색이 돌 것이고, 행복의 웃음꽃이 만발할 것이다.

가족은 서로의 삶에 꼭 필요한 행복의 도우미입니다.

나만의
정신적 멘토

'멘토(Mentor)'라는 단어는 오디세이(Odyssey)에 나오는 오디세우스의 충실한 조언자의 이름에서 유래되었다.

오디세우스는 트로이 전쟁에 출정하면서 집안일과 아들의 교육을 그의 친구인 멘토르에게 맡기고 전쟁터로 떠난다. 오디세우스가 전쟁에서 돌아오기까지 무려 10여 년 동안 멘토르는 왕자의 친구이자 선생님, 상담자, 때로는 아버지가 되어 그를 잘 돌봐준다. 이후 멘토르라는 그의 이름은 지혜와 신뢰로 한 사람의 인생을 이끌어주는 지도 자의 동의어로 사용된다.

지금은 인생의 다른 분야에서 경험과 지식을 바탕으로 다른 사람을 지도하고, 조언해주고, 가르쳐주는 사람을 멘토라고 부른다. 그리고 전문가와 초보자 사이의 공식적인 관계나 롤 모델과 일반인의 친밀한 관계를 일컬어 멘토와 멘티 관계라고도 부른다.

마음이 흔들릴 때나 난관에 부딪혀 해결책을 찾지 못할 때, 내 삶의 지표가 될 만한 훌륭한 멘토가 내 곁이나 마음속에 있다면 그것은 무엇과도 바꿀 수 없는 커다란 행운이다. 한 분야에서 일가를 이룬 사람뿐만 아니라 부모님이나 동시대의 누군가, 자신의 분야에서 열과 성을 다하여 사는 평범한 사람이 멘토가 될 수도 있다.

멘토로 삼을 만한 사람을 만나지 못했다고 해서 실망할 필요는 없다. 역사 속 인물 중에서 내가 닮고 싶거나 되고 싶고, 따르고 싶은 사람을 멘토로 삼을 수도 있다. 또한 멘토의 삶을 본보기로 삼아 나의 하루를 충실히 살아내고, 일상 속에서 새로움과 성장을 경험해볼 수 있다.

그리하여 나의 삶을 창조적으로 해나가는 것이다. 로댕이 4세기 전의 인물인 미켈란젤로를 자기 삶의 정신적, 예술적 멘토로 삼아 자신이 추구해야 할 뚜렷한 예술의 방향성을 세워 더 멀리, 더 넓게 자신의 예술을 성장시켜 나간 것처럼.

인간의 내적 성숙의 지혜를 주는 멘토는 삶과 영혼을 성숙시켜줍니다.

＊　＊　＊

멘토의 삶을 본보기로 삼아
나의 하루를 충실히 살아내고,

일상 속에서 새로움과
성장을 경험해볼 수 있다

＊　＊　＊

4장

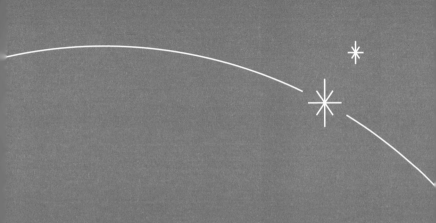

나만의

속도를
잊지 않도록

어떤 목표보다
소중한 나

오늘의 고단함과 내일의 불안함, 현실의 슬픔으로 인해 도저히 감내할 수 없는 고난이 짓누를 땐 최소한 손을 뻗으면 닿는 행복만이라도 놓치지 말자.

가고자 하는 길 끝에 무엇이 있을지 모르지만… 이 길이 옳은지 그른지 알 수 없지만… 후회하지 않을지 끊임없이 자문해보지만… 기약도 없고, 모호한 일의 성과보다 나 자신이 어떤 목표보다 소중하다는 것을 잊지 말자. 그

리고 한 걸음 한 걸음 자신만의 보폭으로 나아가고, 때로
는 멈추기도 하면서 순간의 기쁨을 느끼며 살아가자.

오늘의 구름과 하늘의 색을 확인하고, 미세먼지가 뿌
옇게 가득하든 한가로이 흘러가는 구름으로 차 있든 얼마
간의 쉼이 가능하다면 하루를 마치는 저녁에 차 한 잔과
함께 잠시나마 사색의 맛을 즐겨보았으면 좋겠다.

산책과 바다와 영화, 누군가와 나누는 담소의 시간, 주
변 자연을 음미하는 소소하고 뭉클한 행복을 만나도록
하자.

삶은 어떤 수단이 아닌 그 자체로 선물임을 잊지 말자.
그리고 내 삶 속 고마운 것들을 하나씩 모아 이따금 열어
보며 행복을 맛보는 것이다.

삶의 무게에 짓눌려 살아갈 의미조차 모호해지는 슬픔
이 찾아올 때면, 소중한 삶을 성공을 위한 시간으로 치환
하지 말고 언제 그렇게 되었는지도 모르게 사랑에 빠진
것처럼 나를 소소한 사랑으로 채워주며 살아가기를.

배울 것이
있다

아주 작고 보잘것없고 사소한 것에도 배울 점이 있다면
머뭇거리거나 지나치지 않고 부끄럼 없이
날마다 배우며 살고 싶다
배움을 통해 확실히 깨닫고 내 삶의 위치를 바로잡아
늘 새로운 마음가짐을 가졌으면 좋겠다

나의 삶이 한곳에 정지된 상태가 아니라
돋아나는 새싹처럼 푸르고 싱싱하게 잘 자라게 하고

나의 삶이 틀에 박혀 고정된 상태가 아니라

새로운 변화를 거듭하여 생명력 있는 믿음을 갖게 하
였으면 좋겠다

배움을 통해 깨닫게 하고

나에게 주어진 소중한 기회들을 놓치지 않았으면 좋
겠다

모르는 것들을 배워 알게 하고

아는 것들을 삶에 적용시키게 하였으면 좋겠다

나의 삶 속에서 날마다 배우며 살기를 소망한다

산 정상이
주는 교훈

힘들게 산에 오른 후 정상이 주는 경치를 마음껏 만끽하고 난 후에는 결국 하산해야만 한다. 그런 하산 길을 만만하게 봤다가는 큰코다친다. 자칫 긴장이 풀려 방심하기라도 하면 미끄러져 발목이 삐거나, 넘어져 뒹굴 수도 있다. 히말라야 정상 등정을 목표하고 정상에 올라도 하산 길에 실종이 되거나 사망하는 경우를 보면 알 수 있다.

하산 길의 어려움 속에는 방심하지 않고, 거만하지 말

고 다 내려갈 때까지 조심하고 겸손해야 한다는 가르침이 담겨 있다.

권력이나 지위, 경제력이나 금전적으로 정상에 올라도 언젠가는 화무십일홍(花無十日紅)처럼 쇠하여 한순간에 바닥이나 나락으로 떨어질 수 있다. 또한 우리는 나이가 들면서 내리막길을 맞게 되어 있고, 결국엔 죽음을 맞듯이 영원한 것은 없음을 명심해야 한다.

벼는 익을 때는 고개를 들어 익지만, 다 익으면 고개를 숙이듯 산을 오를 때 고개를 들고 오르지만 내려갈 때는 고개를 숙이고 바닥을 잘 살펴서 내려가야 한다. 이렇듯 거만하거나 오만하지 않고 겸손하게 살다 가야 한다.

인생은 짧고 영원한 것은 없듯이 살아 있는 동안 나누고 베풀며 좋은 일, 의미 있는 일을 많이 하고 즐겁게 즐기고 행복을 누리며 살다 가야 할 것입니다.

흐름 속
환기

어떤 일이나 관계로 인해 화가 부글부글 치밀거나
자신에게 답답해 자존감이 무너질 때
불현듯 불편한 감정들이 밀려들 때면
산과 바다를 찾듯 인간관계도 내 마음에도
답답한 방을 환기하듯 가끔은 환기를 시켜주자

탁한 마음도 탁한 관계도 탁한 공기도
탁하면 보이지 않아 해결도 답도 보이지 않는다

자주 만나면 갈등이 잦아지지만

흙탕물도 시간이 지나면 맑아지듯

관계도 마음도 때로는 해결하려는 것보다는

환기만 해줘도 해결이 된다

물도 사람도 관계도 공기도 자연스러운 흐름 속에

가끔은 환기만 시켜줘도 신선해지고 새로워진다

상처가 아물면
새살이 돋듯

마음이 서글프게 아플 땐 울음도 멈추지 않더라.
눈물은 멈추지 않고 마음속에 하염없이 흐르더라.

슬픔과 아픔이 멈추지 않고 사무쳐 밀려온다면 당신은
지극히 인간적인 사람이다.
선명한 슬픔과 날카로운 절망에 불안해 허우적대는 것
은 당신이 삶을 계속 이어 나가기를 원한다는 것일 뿐.

가끔 힘들어도 괜찮아. 때로는 아픈 것도 삶이니까.

슬픔을 그 자체로 문제 삼게 되면, 슬픔에 슬픔을 더한 아픔이 된다.

아파본 이는 안다. 고통을 그대로 두고, 현재의 삶에 몰입할 때 고통이 덜하다는 것을.

그렇게 스스로 돌아볼 필요도 있다. 마음은 교묘하게 더욱더 몰입하고 빠져들도록 인도하기 때문이다. 슬프면 슬픈 대로, 아프면 아픈 대로 가만히 두고 기다리다 보면 어느 순간부터 조금씩 이해하게 된다. 때가 되면 들어오고 나가는 파도처럼.

파도가 오가는 순간 붉은 햇살과 노을은 아름다웠고, 갈매기들이 인사하며 지나는 순간에 흐르는 눈물을 바닷물로 씻어낸다.

마음의 아픔도 시간을 가지고 기다리면 상처가 난 자리에 새살이 돋을 것입니다.

자신의 시간
자신의 길

사람들은 저마다 자신의 시간에서 일을 하며 살아간다. 도보와 자전거길, 오토바이와 자동차 도로와 기찻길, 뱃길과 하늘길이 제각각 존재하듯 어떤 사람은 빠르고 어떤 사람은 늦은 것이 아닌, 모두 자신의 시간을 걸어갈 뿐이다.

주변 사람들이 나보다 앞서가는 것 같고, 나는 자꾸만 뒤처졌다는 생각에 사로잡히고는 한다. 하지만 자신이 속한 모든 것에는 자신만의 삶과 인생이 들어 있으며, 자기 자신의 시간에 맞춰서 걸어가고 있다.

주변 사람들을 부러워하지도, 미워하지도, 증오하지도, 시샘하지도 말기를. 그들도 자신의 시간을 걸어갈 뿐이고, 당신은 당신의 시간에 있는 것일 뿐이니까. 오바마는 55세에 미국 대통령직에서 은퇴했고, 바이든은 79세에 대통력직을 시작했던 것처럼.

그러니 조급하지 말고 초조해하지 말기를.

당신은 뒤처지지 않았다. 또한 이르지 않았다.

당신은 당신의 시간에 맞춰 아주 잘 가고 있다. 그 무엇에도 연연하지 말고, 그 어떤 것에도 의식하지 말고 뚜벅뚜벅 묵묵히 걸어가자. 그게 당신의 시간이자 당신의 길이다.

걷는 자는 반드시 도달하게 되어 있고, 경주가 끝나는 시간은 그 누구도 모른다.

끊임없는
배움이 주는

내가 활발하고 생기 있는 삶을 유지하는 방법은 늘 배움을 탐구하며 젖어들기 때문이다. 그리고 배움 속에서 미처 알지 못했던 것들과 생각하지 못했던 것들을 알게 되면서 그만큼 성장할 수 있었다.

더욱더 성찰하기 위해 노력했던 것이 그때나 지금이나 변함없는 삶을 유지하는 이유라고 생각한다. 아울러 배움으로 인해 근심과 걱정에서 벗어날 수 있었다. 욕심과 욕

망을 내려놓으며 좋아하는 일 속에서 좋은 사람들과 교류
하며 즐겁고 의미 있게 살아갈 수 있었다.

산다는 것이 무엇인지 알게 되니 인생이 즐거워졌고, 즐
거워지니 나의 모습도 천천히 변해가는 듯싶다. 끊임없는
배움은 '아, 이것이 인생이구나!'를 깨닫는 인생 대학을 다
니는 것이고, 졸업은 눈을 감는 그 순간이지 않을까 싶다.

삶이 던지는
질문

지금부터 삶이 던지는 질문으로부터의 여행을 시작한다. 삶이 내게 던지는 질문들에 답하기 위해, 그리고 자신의 본질을 찾아가기 위한 여정을.

때로는 삶이 내 뜻대로 이루어지지 않을 수도, 아무리 노력해도 현실이 퍽퍽하게만 느껴질 수도, 사는 것이 왜 이리도 어려운 걸까 하며 한숨과 탄식에 휘청거릴 수도 있을 것이다. 자신이 보잘 것 없어 보인다고, 아무도 나를 인정해주지 않는다고 자조 섞인 푸념과 넋두리로 신세 한탄에 빠질 수도 있을 것이다.

그러다 문득 사는 게 공허하고 무의미한 것 같고, 왜 살아야 하는지 모르겠다는 질문에 빠져든다. 열심히 살려해도 현실의 벽은 높기만 하고, 주위를 둘러봐도 길은 보이지 않는다. 세상은 그렇게 숨 돌릴 틈도 주지 않고 나를 매몰차게 몰아간다.

진정한 삶이란 생존과 더불어 의미와 함께 살아가는 것이다. 자신에게 의미 있는 그 무언가를 이루기 위해 희망과 용기를 가지고 자신과 마주하며 가는 것이다. 지금까지의 모든 과정을 고통과 혼란으로만 받아들일지, 새로운 길을 찾기 위한 기회로 받아들일지는 오로지 자신의 몫이다.

그리고 지금 이 순간, 새로운 길을 찾기 위한 기회가 당신의 눈앞에 준비되어 있다. 선택만이 남았다. 당신의 인생은 지금부터 자신을 믿고 묵묵히 내딛는 한 걸음 한 걸음에 달려 있다.

나는 무엇을 원하는가. 삶의 가치와 꿈, 사명을 찾아 크고 넓고 높이 생각하며 지금 당장 시작하고 부딪혀보자. 길을 가는 도중에 자신이 얼마나 멋진 사람인지 돌아보고 자신을 믿고 모험의 길을 즐기면서 가보자.

늦은 때는 없음을 명심하자. 돌을 던지면 물 위에 퍼지는 파동처럼 주위를 변화시키다 보면 주변에서 나를 기억하게 된다. 삶은 짧고 죽음은 길듯 선택과 판단은 한순간이고 후회와 미련은 평생 간다.

세상의 유혹에 현혹되지 말고 내면의 소리에 귀 기울여보자. 마음 가는 대로 이루고 싶은 그 길을 떠나보면, 그 길이 바로 당신의 길이 되고 결국엔 당신의 삶을 사는 것이 된다.

나는 무엇을 원하는가
삶의 가치와 꿈, 사명을 찾아

크고 넓고 높이 생각하며
지금 당장 시작하고 부딪혀보자

모나지 않게

때로는 그 무엇을 알고 있더라도
자신의 지식과 경험을 내려놓을 수 있는
겸손할 줄 아는 용기도 필요하다

타인의 말에 귀 기울일 줄 알아야
새롭고 참신한 것들을 받아들일 수 있게 되어
건방지고 잘난 체하거나 교만하지 않으며
배운 만큼 더욱더 겸손해질 수 있다

둥근 달이 나를 보며 모나지 않게

둥글고 겸손하게 살라 한다

숲길을
걸으면

폭염주의보에 열대야가 기승을 부리는 시기다. 나는
주말과 휴일 스케줄이 없는 날이면 숲을 찾는다.

숲에 도착하면 하늘을 가릴 듯이 **빽빽**하게 치솟은 나
무들이 뜨거운 햇볕을 가려준다. 폭염이 찾아온 한낮이지
만 일단 숲길에 들어서면 더위는 가시고 시원함이 찾아온
다. 숲길은 직사광선을 피할 수 있는 데다가 기온이 도심
보다 4~5도는 낮아 기분 또한 가벼워진다.

숲길에 접어들면 예상대로 폭염주의보가 내린 도심과는 딴 세상이다. 불어오는 바람도 적당하고, 새들도 쉬지 않고 노래를 해대니 몸과 마음이 절로 상쾌해진다.

나무 사이를 뚫고 들어온 햇빛의 반짝거림이 밤의 별처럼 멋지다. 풋풋한 흙냄새와 향긋한 숲 냄새도 후각을 즐겁게 해준다. 아름드리나무와 우거진 자연림 아래로 수국이며, 고사리, 이끼 외에도 이름 모를 들꽃과 풀꽃이 서로 예쁘게 고개를 내밀고 자리를 다툰다. 숲길을 거닐다 보면 이 넓은 숲이 오롯이 나의 정원인 것만 같은 착각이 든다.

숲에는 꽃나무들이 많고, 다양한 식물들을 관찰할 수 있어 좋을뿐더러 계곡의 물소리와 울창한 나무를 바라보며 걷는 최고의 힐링 장소라 지루함을 느낄 틈이 없다. 압도적인 높이로 하늘을 향해 치솟아 있는 나무들을 보고 있으면 그저 감탄사만 터져 나올 뿐이다.

그렇게 걷다 보면 연리목도 군데군데 보인다. 연리목은 나무 밑동에서부터 두 나무가 하나가 된 것이다. 산벚나무와 고로쇠나무가 서로에게 다가가 하나가 된 모습을 보면서 여러 상념이 머릿속을 맴돌았다.

갖가지 이유로 갈등하고, 싸우고, 전쟁하고, 죽이는 인간들이 이 나무들의 아름다운 결합을 보고 무언가를 깨달을 수 있었으면 좋겠다는 생각도 해본다.

자연이 만든 돌 벤치에 앉아 준비해온 김밥과 차를 마시며 느긋하게 한여름 숲의 정취를 만끽하며 즐긴다. 바로 이 순간이 숲길을 걷는 중 가장 행복한 순간이다.

그렇게 가다 쉬기를 반복하며 정상에 오르니 사방이 확 트이고 가슴이 뻥 뚫린다. 오늘은 시야도 매우 좋아 먼 곳까지 한눈에 들어온다.

정상 주변 그늘에 배낭을 베개 삼아 낮잠을 자는 사람도 보인다. 적당한 바람에 새 소리가 귀를 간질이니 이런 곳에서 낮잠을 자면 말 그대로 낙원 속의 꿀잠이 될 듯하다.

이토록 멋진 풍경을 지척에 두고도 바쁘고, 피곤하고, 귀찮다는 이유로 찾지 못하는 사람들에게 권하고 싶다.

마음을 씻기는 계곡과 약수터의 시원한 물과 휴식의 쉼을 고스란히 내어주는 숲에서 더 이상 무얼 바라겠는가? 하루도 빠지지 않고 이곳에 와서 숲길을 걸을 수 있다면, 말 그대로 장생하는 삶을 누릴 수 있지 않을까 싶다.

숲은 마음에 한 점의 흐림도 없이 하늘을 우러러보아도 한 점 부끄럽지 않게 스스로 도리와 이치에 맞게 떳떳하고 당당하게 살라 한다.

비가 내리다가도
해가 뜨니까

순식간에 먹구름이 끼더니 예상치 못한 소나기가 내린다.

어떤 날에는 쏟아붓듯 장마가 내렸고, 어떤 날에는 쩍 하고 천둥이 내리치는가 하면, 어떤 날에는 번개와 폭풍우가 몰아치기도 했다. 그리고 그런 날들은 앞으로 살아가면서 다시 만날 수 있겠지.

인생길에서 퍼붓듯 쏟아지는 비를 속절없이 맞으며 무

너져 갔던 시절도 있었을 거야.

중요한 것은 상황에 굴복할 필요는 없다는 거야.

구름이 끼었다가도 두둥실 흘러가고, 화창하다가도 비가 내리고 눈도 오겠지. 구름을 움켜쥐면 더디게만 갈 뿐이고, 바람결에 의해 어차피 흘러가겠지.

그런 가운데 꽃도 피고, 나무도 자라고 열매도 맺히겠지. 비가 그치면 잎은 무성해지고, 꽃은 지고, 꽃이 지면 새잎이 돋아나겠지.

우리의 마음도 파도처럼 걱정과 고민도, 외로움과 슬픔도, 기쁨과 즐거움도 오고 가겠지. 인생이란 그런 것이니 지금부터라도 움켜쥐지 말고 감정에 푹 빠지지도 말고 담대하고 의연해져야겠지.

넘어지든, 주저앉든, 무너지든, 일어서서 떳떳하고 당당하게 나아가든, 몸과 마음 그리고 정신과 행동 등 내 삶의 모든 주도권은 나에게 있음을 잊지 말기를.

삶 속에서 인생이 어떻게든 흘러가더라도 우리는 자신을 잃지 않고 계속해서 한 걸음씩 담대하고 의연하게 나아가야 해.

버킷리스트

우리는 지금 이 순간을 끊임없이 지나치며 살고 있다. 지금 이 순간을 제대로 경험할 수 있다면 얼마나 좋을까? 유일무이한 지금을 온전히 음미하며 즐기는 것. 이보다 엄청나고 절대적인 일은 없을 것이다.

죽기 전에 꼭 하고 싶은 것들을 적은 목록을 버킷리스트라고 한다. 버킷리스트를 작성해 그것을 실천하는 사람이 있고, 적어 놓기만 하고 실천하지 않는 사람도 있고,

생각해보지도 않은 사람도 있을 것이다. 그런 가운데 매일 자신이 좋아하고, 하고 싶고, 해보고 싶은 것들을 하며 사는 사람도 있을 것이다.

영화 《버킷리스트》에서 카터와 잭, 두 인물은 길어야 1년 남짓 살 수 있다는 시한부 선고를 받게 되자 지금껏 오로지 앞만 보고 달려온 인생의 끝을 가늠한다. 그날 이후로 스카이다이빙과, 자동차 경주를 하기도 하고, 피라미드를 오르는가 하면, 홍콩 여행을 다니는 등 다양한 경험을 쌓는다. 시한부 선고라는 절망적인 상황 속에 희망과 꿈, 삶의 의미 따위야 없을 수도 있지만, 두 사람은 서로를 의지하며 용기와 희망을 주면서 삶의 마지막을 화려하게 장식한다.

언제 떠날지 모르는 인생이기에 어떠한 미련과 후회도 남지 않게 사는 우리 모두의 오늘이기를 바란다.

지금 이 순간이 우리에게 주어진 최고의 시간이며, 지금이 아니면 영영 못 할 수도 있습니다.

숨겨져 있는
말 한마디

우리의 마음속에는 저마다 특별한 의미를 간직한 채 일상에서 만나는 단어들이 있다.

누군가에게는 순식간에 지나치고 잊히고 사라져 의미 없이 부유하기도 하지만 누군가는 늘 마음속으로 품고 되뇌며 살아가고 있다.

때로는 그것이 분노의, 절망의, 고통의, 몸부림의 단어 일 수도 있다. 반대로 기쁨과 즐거움, 희망과 용기, 사랑과 감사와 같은 아름다운 단어일 수도 있다.

그런 가운데 우리가 쓰는 단어들의 의미를 자세히 들여다보고 그 안에 숨어 있는 참 의미를 발견하면 말 한마디 속에 담긴 의미가 조금은 달리 들릴 수 있을 것이다.

나와 당신 그리고 우리 모두를 위로하고, 지지하고, 격려하고, 응원하는 단어로 사랑을 한가득 채워가고 싶다. 그리하여 당신의 오늘이 행복하였으면 좋겠다.

괜한 것에 마음 쓰지 말고 결국에는 괜찮아지고 다 잘 될 거라고… 오늘도 마음속으로 따뜻한 사랑의 말 한마디 품고 건네며 살아갑니다.

흔들리더라도
꺾이지 않도록

불길이 무섭게 타올라도 끄는 방법이 있고
물길이 하늘을 뒤덮어도 막는 방법이 있으니
화는 위험한 때 있는 것이 아니고 편안할 때 있으며
복은 경사가 있을 때 있는 것이 아니라 근심할 때 있는
것이다

어둠이 더할수록 새벽은 가까이 다가온다
만개한 꽃은 질 일만 남게 되고

좋은 일이 있다고 쉽게 들뜨지 않고

아무리 어려운 일이 있더라도 낙담하지 말고

평정심을 유지하는 것, 그것이

인생이라는 마라톤을 달려가는 최상의 방법이다

한 번에
한 가지만

여러 가지 일을 동시에 하는 것을 멀티태스킹이라고 한다. 음악을 들으면서 통화를 하거나, 음식을 먹으며 노트북으로 일을 하거나, 화장을 하면서 한 손으로 무엇을 먹으며, 운전을 하고 통화도 하는 모습 등이다.

그런데 몇 가지 일을 동시에 함께 하다 보면 산만해지고 정신적인 에너지까지 소모하게 된다.

그럴 때일수록 한 가지 일에만 집중해보자. 대화를 하

거나, 글을 쓰거나, 책을 보거나, 음악을 듣거나, 산책을 하거나, 일을 할 때도 다른 모든 것들을 놓아버리고 한 가지 일에만 집중하면 삶이 조금은 고요하고 평화로울 것이다.

그렇게 익숙해지면 집중력이 생겨 멀티태스킹을 하더라도 산만하지 않을 수 있게 된다. 조금 더 깊은 의미에서, 이것은 깨달음으로 가는 길이기도 하다.

마음속으로 되뇌며 천천히, 한 번에 한 가지만 해보기로 하자. 어리석은 사람은 자기가 할 수 있는 일은 하지 않고 지신이 할 수 없는 일을 하려 애쓰지만, 지혜로운 사람은 자신이 할 수 없는 일은 하지 않고 자신이 할 수 있는 일에 최선을 다한다.

복잡한 사유가 아니라 고요한 마음에서 생기는 것이 지혜입니다.

세상을
바라보는 시선

긴 시간 살아온 세상임에도 나름의 열정으로 그려오던 미래가 흐려지고 가혹하게 느껴지고, 스스로가 무능하게 느껴지며, 눈을 뜨면 한숨만 나오는 하루의 시작이 무겁기만 하다.

씻고 나서야 하는데 이불 밖으로 나서기조차 싫고, 출근할 생각을 하면 가슴은 답답하고 깊은 한숨만 뿜어댄다. 세수를 하다 바라본 나의 어두운 표정과 부쩍 늙어버린 거울 속 나의 모습을 보니 처량하다.

출근길에서도 일 걱정, 사람 걱정이 꼬리에 꼬리를 문다. 나는 잘하고 있는 것인지 언제부터인가 동료들의 시선이 신경 쓰인다.

'나중에 나는 무얼 하며 먹고 살까? 나는 정말 지금 이대로 괜찮을까?' 삶을 좇아 바쁘게 살다 보니 의식하지 못했는데… 마음은 지치고, 불편하고, 한숨만 늘고 어깨는 축 처진다.

당신이 힘든 이유는 부정적인 시각으로 세상을 바라보고 있기 때문이다. 억지로 좋게 생각하려 하지 말고, 억지로 나쁘게 생각하려고도 하지 말자.

우리네 삶은 희극도 비극도 아닌, 때로 기쁘고, 슬프고, 절망하고, 행복하며 특별한 감흥이 없는 일상들이 그 사이사이를 채우는 것이다.

감당할 수 없는 슬픔에 지친 날에도 구름은 아름다웠고, 노을은 아련했으며, 달과 별은 밝게 빛나고 반짝였을 것이다.

지금까지 묵묵히 이를 악물며 버텨온 자신을 안아주고, 다시 일어설 수 없을 것 같은 절망을 넘어 다시 일어선 자신을 보듬어주자.

당신은 언제나 괜찮았고, 지금도 괜찮으며, 앞으로도 괜찮을 것이라 믿어 의심치 않는다.

지금까지 묵묵히
이를 악물며 버텨온 자신을 안아주고,
다시 일어설 수 없을 것 같은 절망을 넘어
다시 일어선 자신을 보듬어주자

긍정의 루틴

자신이 평소에 좋아하고, 하고 싶고, 해보고 싶은 것으로 긍정 루틴을 만들면, 그 끝에는 행복감을 느낄 수 있다. 아울러 긍정 루틴의 핵심은 성취감에 있다. 실현 가능한 작고 간단한 실천의 행동을 만들어 그대로 꾸준히 반복하면 습관으로 이어져 긍정 루틴으로 자리를 잡는다.

여기서 중요한 것은 자기 최면이다. 나는 반드시 할 수 있고 해낼 수 있다는 자신감이 있어야 한다. 작은 것부터 이루어 나가면 엄청난 변화를 만날 수 있다. 1개월부터 1

년, 5년, 10년 계속해서 만들어 가면서 성취감을 맛보면 얼굴엔 기쁨과 즐거움의 웃음이, 어깨에는 의욕이 충만하고, 발걸음은 가볍고 신나게 변할 것이다.

그렇지만 많은 사람이 작심삼일에 부딪히고 루틴 슬럼프에 빠져 포기하고 만다. 거창하거나 먼 미래의 계획에 지쳐 의지박약과 성공 경험 부재에 멈추거나 주저앉는다. 긍정 루틴의 좋은 점은 불필요한 의사 결정의 시간을 줄여 주어 시간 절약과 중요한 일에 시간 에너지를 집중할 수 있게 해준다는 점이다. 또한 건강도 유지해주며, 평범한 사람도 성취 가능한 성공을 맛볼 수 있다. 아울러 내가 좋아하고, 하고 싶고 해보고 싶은 것들이기에 힘들지 않게 많은 일도 소화해낼 수 있으며, 빨리 몰입할 수 있는 장점도 있다.

긍정 루틴은 의도적, 지속적, 주도적으로 자신의 길을 만들어 가는 것이다. 동기 부여는 갖는 데에만 있지 않고, 실천하여 긍정 루틴을 내 것으로 만들어야 한다.

꾸준함 뒤에
찾아오는 희열

　험난하고 모진 풍파를 헤쳐 가며, 고되고 힘든 삶을 영
위하는 나날들 속에서 털썩 주저앉고 싶을 만큼 살기 힘
든 순간이 찾아올 때가 있다.

　그 순간을 견디는 방법은 자신을 믿고 돌아보며, 쉼의
여유와 함께 다시 한 걸음 한 걸음 내딛는 것이다. 꾸준하
게 삶을 꿋꿋이 그리고 묵묵히 걸어가는 것이다.

　때로는 주위의 시선이 차갑게 느껴지기도 한다. 추운

겨울에 자비롭고 가슴 따뜻한 그 누군가가 따스한 온기의 손길을 내밀어주었으면 좋겠지만 마음처럼 되지 않아 외로울 때도 있을 것이다.

그럼에도 자신의 길을 그저 소처럼 우직하게 계속 걸어가야만 한다. 몸은 천근만근 무겁고 마음은 저 어둠의 웅덩이 속으로 침몰하는 그 순간에도, 절대로 멈추지 않고 계속해서 뚜벅뚜벅 걸어가야만 한다.

그러다 보면 어느 한순간 탁 하고 찾아온다. 가슴 벅찬 행복감과 이 세상을 따뜻하게 비추는 태양이 마침내 나를 맞아주는 순간은 반드시 온다. 그날을 위해서라도 계속 가야 한다.

무엇을 계획하고 다짐하는 그 순간부터 자신을 믿고 묵묵히 나아가는 당신. 꿈꾸고 생각하는 그것에 다다른 당신의 모습을 매일 상상하게 되면, 반드시 그곳에 다다르게 됩니다.

살아 있음을

당신의 발걸음이 어디로 향하는지 모르지만
잠시라도 가던 걸음을 멈추고 생각에 잠겨보세요
당신 참 바쁘게 살고 있지 않나요?
잠시만이라도 눈을 감고
쉬어가는 것도 나쁘지 않을 겁니다

당신의 마음이 어디를 향해 있는지 모르지만
잠시만이라도 향한 마음을 멈추어

비우는 시간을 가져보는 것은 어떨까요

가만히 잔잔하게 마음을 느끼고 음미해보세요
공기, 바람, 소리, 내음, 숨, 쉼, 숨결, 사랑, 자유, 평안
눈을 떠보면 기쁨이 더할 나위 없을 겁니다

5장

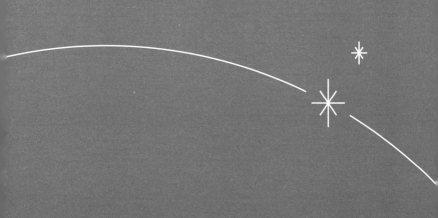

걸어갈 내일이

불안하지
않도록

한 뼘 더
행복

당신이 만일 지금 절망에 빠져 있다면
시련이 왔다고 좌절하기보다는
도전하고 일어설 기회가 왔다고
내일 더 크게 웃기 위해
내일 더 기쁘기 위해
내일 더 즐겁기 위해
내일 더 행복하기 위해
내일 더 성장하기 위해

내일 더 성찰하기 위해

오늘 잠시 힘든 거라고

시련도 좌절도 기쁨도 행복도

삶의 과정 속 순간이기에

이 순간 최선을 다하여

한 뼘 더 성장한 모습이라면

그걸로 족하는 마음이라면

당신의 내일은 절망과 좌절의 시련만큼

행복할 것입니다

마음속
잔가지 쳐내기

오늘은 오늘 일만 생각하고
한 번에 모든 것을 하려고 하지 않는 것
이것이 현명한 삶의 방법이다

생각이 많아서 어지러울 때가 있듯
오늘 일만 생각하라고 하지만
왜 그리 할 일은 많고 걱정은 줄지 않는지

때로는 단순하게 생각할 것

긍정적으로 생각하고 차근차근 진행하는 것이

오히려 행복한 삶의 방법일 수 있겠다

제멋대로 자란 근심과 걱정의 잔가지들을 쳐내서

마음을 조금만 가볍게 해보기로 하자

낡음에서
새로움과 낯섦으로

우리는 새로운 것에 열광하면서 정작 새로운 것을 받아들일 때는 거부 반응을 보인다. 새로움은 기존의 것에서 벗어난 것이기에 낯설다고 생각하기 때문이다. 그래서 새로움을 받아들이기 위해서는 시간이 필요하다.

낯선 것에 부딪혔을 때 사람들은 다른 누군가가 이전에 해놓은 방식을 따라 하거나 그대로 받아들이는 경향이 있다. 다수의 사람들이 새로움을 받아들이지 못하는 것도 이러한 이유 때문일 것이다.

　새로움을 받아들이는 일은 익숙한 것과의 결별을 뜻한다. 익숙함의 관행과 관습대로 과거의 삶을 물려받고 이전에 했던 방식을 다시 따르는 행위는 제자리걸음에 지나지 않는다. 새로움을 추구하는 사람들은 편안한 안전장치를 과감히 벗어던지면서 무엇인가를 발견하려 노력한다.

　인간을 새롭게 하는 방법에는 시간을 달리 쓰는 것과 사는 곳을 바꾸는 것, 그리고 새로운 사람을 사귀는 것. 세 가지 방법이 있다.
　새로움은 익숙한 것으로부터 멀어지려는 노력에서 나오는 진통의 결과다. 평범한 것 안에서 비범한 것을 발견하고, 아주 낡은 것 안에서 아주 새로운 것을 찾아내려는 의문과 지적 호기심이 우리를 새롭게 만든다.
　하지만 지금의 세상은 새롭지 않으면 퇴물이 되어버리고 오래된 것과 낡은 것에게 뒤처졌다는 차갑고 냉정한 평가를 해버린다.

자본주의 측면에서 새로움은 인간에게 소비하도록 현혹하려는 산업자본에서 여실히 드러난다. 어떠한 스타일이나 이슈와 트렌드가 세상에 출현할 때 대다수의 기호와 마케팅 등에 의해서 사람들의 집단적 선호와 선택이 일어나는 것이다.

수많은 기업들이 하루가 멀다 하고 새로운 상품을 개발하고 등장시켜서 기존의 상품을 오래된 것으로 만들어버린다. 새로움을 내세워 소비자를 현혹시키는 메커니즘이 산업 자본에 내재되어 있는 것이다. 새로운 무언가를 만들어내야만 하는 산업자본주의 시대에 들어서면서 어쩌면 새로움 혹은 낡음과 관련된 물질적 의식을 갖게 되었는지도 모를 일이다.

그렇다면 새로움은 도대체 무엇이고 어디에 있을까? 새로움을 찾을 수는 있는 것일까?

아무것도 달라진 것이 없어도 날마다 새로움이 가능하다는 말은 인식 차원에서 접근해야 한다. 내가 새로운 나를 발견하면 새로운 나는 새로운 세상을 경험한다는 명제에서부터 출발한다. 그러면 새로움은 곧 내가 나와 관계 맺는 새로운 태도, 내가 세상과 관계 맺는 새로운 방식이 될 것이다.

메마르고 건조한 들판에서 새로운 들판으로 가는 가장 쉬운 방법은 인식을 바꾸는 것입니다.

생각만으로는
할 수 없는

완벽한 때를 기다리며 더 많은 준비를 하며 기다리고 있을 때 누군가는 과감하게 도전하고 행동한다. 완벽하게 준비되지 않았다고 겁을 먹기보다는 도전하고 행동하는 열정을 보인다.

실패하고 후회하게 될까 하는 염려는 하지 않아야 한다. 세계적인 기업을 일궈낸 이들이 우리에게 던지는 메시지는 단 하나다.

지금 당장 도전하고 행동하라.

　　어떠한 도전도 하지 않고, 행동하지 않는다면 우리의 일상은 사막처럼 메마르고 만다. 시간적 이유, 금전적 이유를 핑계 삼아 꿈꾸는 무언가를 미루기만 하면, 좋아하는 누군가가 있어도 거절당할까 봐 고백도 못 하는 꼴이 되고 만다.

　　그렇게 숱한 생각과 소용없는 후회만을 반복하고 말 것이다. 한 번의 실천도 없이 수많은 생각만으로는 아무것도 바꿀 수 없다.

　　세상은 도전하고, 실천하는 사람에게만 뜻하지 않은 짜릿한 보상을 준다. 아무리 가까운 길이라도 나아가지 않으면 도달할 수 없고, 아무리 쉬운 일이라도 하지 않으면 이룰 수 없다.

　　세상은 도전하고, 실천하는 자의 것이다.
　　성공은 꿈을 향해 도전하며, 실패와 후회를 딛고 다시 실천의 행동으로 끊임없이 이어져 다듬어지며 성공으로 완성되는 결과물이다.

미래는 선택하는 사람의 몫이고 결과는 도전하고, 실
천하는 사람의 몫입니다.

세상은 도전하고,
실천하는 사람에게만 뜻하지 않은
짜릿한 보상을 준다

아무리 가까운 길이라도
나아가지 않으면 도달할 수 없고,
아무리 쉬운 일이라도
하지 않으면 이룰 수 없다

포기하지 않고

아무리 해도 소용없을 거라는
절망과 포기에 대한 믿음이 어쩌면
우리 자신을 한 걸음 더 빠르게
삶에서 죽음에 이르게 하는지도 모르겠다
절망과 포기는 죽음에 이르게 하는 병이다

절망과 포기에 대한 해독제는 희망이다
희망을 잃지 않고 붙잡으면

고통과 절망에서 벗어나고 이겨낼 수 있다

결국 이겨낼 수 있다는

내게 건네는 믿음과 희망이다

바다와 나

매서운 바람이 아프고 쓰라리게 온몸을 때린다. 거칠고 모진 바다를 낙엽 같은 배로 지나기 위해서는 다른 생각을 할 겨를이 없다.

그동안 나는 얼마나 먼 길을 걸어왔던가. 뒤돌아 숨 고를 새도 없이 모진 풍파를 헤쳐가기에 바빴다. 그러다 문득 그런 생각이 들었다. 나는 과연 무엇을 위해 이 고해의 바다를 건너고 있을까?

그 순간 다시 세찬 바람과 거친 폭풍이 일었고, 너울이 거세졌다. 황급히 방향타를 다잡고 파도와 맞설 궁리로 혼비백산 바빠졌다. 조금 전의 생각과 고민은 뒤로한 채.

언제는 인생길에서 퍽퍽한 삶을 뒤돌아보고 숨 쉴 여유가 있었나? 삶은 늘 그렇게 무심하고 거칠게 흘러왔고 무정하게 제 갈 길을 갈 뿐이었으니. 가진 것은 달랑 몸뚱아리 하나뿐이지만, 뒤틀리고 넘어지며 바람 따라 구름 따라 흘러온 인생길이지만, 결국 빈손으로 돌아가는 세상이지만, 가시밭길 헤치며 여기까지 잘 살아왔다.

흘러가도록

아픈 기억은
고통의 정도에 비례하여
선명히 기억된다

마음은 내려놓으려 할수록
어지러워지기 마련이다

오늘의 고난이 미래에

어떤 멋진 밑거름이 될지
지금은 알 수 없다

결국 지금의 고통은
어떤 밑거름일지 모른 채
그저 고통스럽다 느낄지라도

이를 돌아보는 미래의 나는
예측할 수 없는 전혀 다른 행복에
젖어 있을지도 모른다

울음과
고통 뒤에

울음 뒤에 웃음이 찾아오고
고통 뒤에 행복이 찾아오고

고단하고 외롭고 퍽퍽하고
지치고 쓸쓸하고 헛헛하더라도
잊지 말자

웃음은 울음 뒤에 배우고

행복은 고통 뒤에

더 크게 다가오고 찾아온다

그리고 죽을 때까지 함께 한다

삶이 그렇다

나에게
주어진 오늘

누구에게나 장단점이 있듯 누구에게나 배울 점이 있더라.

만나면 자신의 화려한 과거를 끄집어내 자랑하는 사람은 왠지 불행해 보이더라.

오히려 나이가 들어서도 여전히 활력 있는 사람. 자신이 사랑할 수 있는 일이 있어서, 비록 자신이 하는 일이 남들이 볼 때는 비루해 보일지라도 그 속에서 스스로 보람과 희열을 느끼며 오늘 이 순간을 소중히 여기고 살아가는 사람이 행복해 보이더라.

행복한 사람은 그렇게 날마다 오늘을 충실히 사는 사람이더라.

지난 과거를 들추거나 연연해하지 말고, 아직 오지 않은 미래를 걱정하지도 불안해하지도 말자. 오늘을 충실히 살다 보면 구슬을 꿰어 목걸이가 만들어지듯 멋진 성과물이 주어질 것이다. 그리고 그것에 만족하며 오래 사는 모습 속에 행복이 가득 담기게 될 것이다.

나에게 주어진 오늘 하루를 그저 충실하게 사는 사람이 행복한 사람입니다.

참으로
모를 일이다

삶이란 도대체 무엇인지
모를 일이다
참으로 모를 일이다

형체도 없는 그것들이 때로는
너무나도 쓸쓸하게 만들기도 하고
빈 가슴속에 슬픔으로 비워내기도 하며
때로는 꽉 차오르게 하다가

어느 때는 죽을 것만 같이
게워내기도 하는 그것

인간에게 죽을 때까지
풀지 못하고 죽을지도 모르는
큰 숙제인 것

나아가리라

하늘을 보며 마음의 뜻을 높게 두고
바다를 보며 마음을 넓게 가지고
물을 보며 마음을 깨끗하게 씻고
산을 보며 마음을 풍요롭게 가꾸고
꽃을 보며 마음을 아름답게 하고
세상을 보며 마음을 원대하게 품고
사람을 보며 사랑의 마음을 키우고

그리하여 이 모두를

나의 마음에 담아 새겨

한 걸음 한 걸음 뚜벅뚜벅 나아가리라

삶의
존재와 의미

시월의 계절이 끝을 향해 가는 요즘, 아침저녁으로 제법 선선한 바람이 느껴진다. 달이 차고 기울듯 끝이 없을 것만 같던 더위도 어느덧 바람에 씻겨 가고 없다. 왔던 것은 그렇게 때가 되면 가나 보다.

우리의 몸도 언젠가는 남겨두고 가야 한다. 그 어떠한 것도 가져갈 수 없다. 가지고 있는 집과 돈, 권력과 명예도 모두 두고 가야 한다.

이사할 때 집은 못 가져간다는 말이 있다. 우리의 몸도 집과 같다. 집도 오래 살다 보면 낡는 것처럼 우리 몸도 시간이 흐르면 늙는다.

내 자식도 내 것이 아닌 자식의 인생이며, 이 세상에 태어나 자신의 생명을 아름답게 꽃피우다 가는 존재일 뿐이다.

우리는 삶의 끝에 죽음이 있다는 사실을 안다. 그런데도 작은 것에 연연하는 마음을 버리지 못하고 여전히 사리에 어두워 갈피를 잡지 못한다면 헤맬 수밖에 없다.

우리에게는 이 세상에 살아 있는 동안 잠시 빌린 몸을 자기 뜻대로 쓰다 갈 수 있는 책임과 권한이 주어진다.

인간으로서 소중하고 귀한 책임과 권한을 받아 사는 삶이니만큼 아낌없이 자기 삶의 존재와 가치의 의미를 찾아서 잘 살아내야 하는 이유가 있다.

불가능은
할 수 있다는 것

아무것도 모른다는 것은 가장 평온한 마음 상태다

아무것도 모르는 상태이니 모든 게 불가능한 것이다

다시 말하면 모든 것을 처음부터 시작할 수 있다는 뜻
이다

할 수 있는지 없는지는 해본 사람만이 할 수 있다는 말
이지 않은가?

아는 것이 적으니 긴장할 마음도 없다

이루어놓은 것이 없으니 무너질까 두려운 마음도 없다

잘할 거라는 기대 또한 없으니 실망할 것도 물론 없다

지금보다 더 못할 수는 없지 않은가?

더는 내려갈 곳도 없으니 올라갈 일만 남았다

'고통 + 자기성찰 = 발전'이라는 공식을 김유영 작가님을 보며 더욱 공감하게 됩니다. 시간이 흘러도 변하지 않는 그의 꾸준함과 자기성찰은 어떤 고통스러운 기억이나 삶이 할퀴고 간 자리에서도 의연하게 일어날 수 있게 하는 큰 힘을 지니고 있음이 분명합니다. 저 역시 삶의 고통을 가진 사람으로서, 언제나 행복을 꿈꾸는 사람으로서, 글을 쓰는 작가로서 그가 용기 있게 세상에 내놓은 또 한 권의 책에 진심으로 박수를 보내고 싶습니다.

— 이정민(데비 리) 《휘게 육아》, 《오픈 샌드위치》,
《우리를 다시 살아가게 하는 시간》 저자

삶의 현장에서 벌어지는 일들은 예측하기 어려운 일투성이고, 예측 불가능한 일들은 우리에게 어려움과 힘듦을 가져다줍니다. 삶은 힘들고 이정표를 어디에 두어야 할지 고민하는 사람들이 많지요. 그런 가운데 불안하고 혼돈한 사회를 헤쳐나가는 현대인들의 마음에 따뜻한 위로와 위안, 친구 같은 편안함을 느끼게 해주는 김유영 작가님의 글을 만나게 되니 반가운 마음입니다. 이 책과 함께 행복의 힘을 탄탄히 만들어갔으면 좋겠습니다.

— 유혜리 HR 커뮤니케이션 대표, 《그렇게 우리는 엄마가 된다》, 《잠깐 스트레스 좀 풀고 올게요》 저자

김유영 작가의 글은 내 마음에 마치 봄비처럼 소란하지 않게 보슬보슬 겨우내 언 땅을 골고루 적십니다. 따스한 봄이 왔다며 지친 나를 강제로 흔들어 깨우는 것이 아니라 살며시 스며들어와 눈을 뜨게 합니다. 이토록 다정다감한 마음을 글자 하나하나에 꾹꾹 눌러 담았으니, 마침표 너머 단락의 공백에서조차도 그의 사려 깊은 마음이 넘실대는 듯합니다. 정이 가득한 김유영 작가의 글을 통해 봄비가 싹을 틔우듯 지쳐 있던 마음이 싹트는 기분을 느껴보길 바랍니다.

— **최인호** 현 인플로우 대표, 《멋지게 이기는 대화의 기술》 저자

나 라 서
될 수 있는   하루

펴낸날   초판 1쇄 2022년 4월 25일

지은이   김유영

펴낸이   강진수
편 집   김은숙, 김도연
디자인   임수현

인 쇄   (주)사피엔스컬쳐

펴낸곳   (주)북스고   **출판등록**   제2017-000136호 2017년 11월 23일
주 소   서울시 중구 서소문로 116 유원빌딩 1511호
전 화   (02) 6403-0042   **팩 스**   (02) 6499-1053

ISBN   979-11-6760-026-4 03810

책 출간을 원하시는 분은 이메일 booksgo@naver.com로 간단한 개요와 취지, 연락처 등을 보내주세요.
Booksgo는 건강하고 행복한 삶을 위한 가치 있는 콘텐츠를 만듭니다.